尘星
——周宇剧作选

周宇 【著】

Duststar

A Collection
of
Zhou Yu's
Plays

中国戏剧出版社
CHINA THEATRE PRESS

图书在版编目（CIP）数据

尘星：周宇剧作选 / 周宇著． — 北京：中国戏剧
出版社，2023.3
ISBN 978-7-104-05334-7

Ⅰ．①尘… Ⅱ．①周… Ⅲ．①剧本－作品综合集－中国－当代 Ⅳ．① I230

中国版本图书馆CIP数据核字（2023）第052280号

尘星——周宇剧作选

责任编辑：张　霞
责任印制：冯志强

出版发行：	中国戏剧出版社
出 版 人：	樊国宾
社　　址：	北京市西城区天宁寺前街2号国家音乐产业基地L座
邮　　编：	100055
网　　址：	www.theatrebook.cn
电　　话：	010-63385980（总编室）　010-63381560（发行部）
传　　真：	010-63381560

读者服务：010-63381560
邮购地址：北京市西城区天宁寺前街2号国家音乐产业基地L座

印　　刷：	北京九州迅驰传媒文化有限公司
开　　本：	787mm×1092mm　1/16
印　　张：	19.5
字　　数：	260千字
版　　次：	2023年3月　北京第1版第1次印刷
书　　号：	ISBN 978-7-104-05334-7
定　　价：	120.00元

版权专有，违者必究；如有质量问题，请与出版社联系调换。

自序

人生几十年，说长不长，说短也不短，但是能够真正属于自己的时间却委实不多。芸芸众生，更是轻如微尘，即使渺小至此，我也希望，能够放射出属于自己的光来。

这便是"尘星"这个名字的来历。

我不知道是否有人和我一样的感觉，那就是人生越往前走，就越能感觉到自己的普通和有限。少年时，天不怕地不怕，年轻的生命蕴藏着无限的潜力，无限的可能。即使是再普通的少年，也有着属于自己的恣意与棱角，鲜活灿烂，宛如春光。到了年长之时，却往往棱角磨平，顾忌这顾忌那，因着现实的许许多多原因，而把自己限于固定的人生套路之中，想要改变，却很难改变。

有时候我想，人生就是一个不断填满空白的过程，一个不断地将未知变为已知的过程。年少时的百般期待，逐渐变为已知的不可更改的过去，无限的可能性，不断定格为仅有的一种生活，万千色彩褪去，变成一片灰白，这不能不说是一种遗憾。

还好，有戏剧这束光照进了我的生活，才让我觉得世界并没有想象的那么孤寂。

诚如恩师所说，写戏是一种"我"与"世界"的交流方式。她如此，我同样。

戏剧刻画人物，刻画故事，刻画世界。这些人物可以从未曾存在过，却让你有着无比的真实感，只因为他们有着与你共通的人性。人性的曲折、幽微、光彩或者挣扎，我以为这便是戏剧，也是人类许多艺术的魅力所在。

我希望多年之后，假使我还有勇气在不断地攀登戏剧这座艺术之塔，我能够骄傲地说，不管我的戏写得好或者不好，我始终都不曾跳脱真实的人性，去构造虚假的人物与世界，而是努力为这世界照进一束微小的真实的光，方不负过去，也不负未来。

是为序。

壬寅年腊月初七于金陵

目录 Contents

雨　娘　／ 001

酒　狂　／ 043

豫子刺襄　／ 081

惜　姣　／ 112

五纬当官　／ 146

原（戏曲稿）　／ 188

原（话剧稿）　／ 224

父子城　／ 265

豫子刺襄·离合　／ 297

【历史传奇剧】

雨　娘

人　物

雨　娘　龙王之女，痴恋张生

张　生　贫寒书生，爱慕绣绣

龙　王　雨娘之父

慧　明　法华寺方丈

雷　公　龙王随侍

电　母　龙王随侍

绣　绣　张生爱恋的少女，旦

绣绣父　老生

绣绣母　老旦

船　家　末

其余虾兵蟹将，天兵天将等若干

场　次

第一场　情醉

第二场　鸯梦

第三场　惊雷

第四场　相忘

第一场 情醉

【西湖侧畔，风光旖旎，细雨绵绵。张生撑伞立于船头。船家靠岸。

幕　后　（伴唱）西湖美景连好雨，
　　　　　　　　客舟一叶风正急。
　　　　　　　　天地浩淼映山色，
　　　　　　　　不及人间两依依。

张　生　多谢船家。

船　家　天公不美，书生何不寻个屋檐躲雨？

张　生　多谢船家美意，张某与人相约，需在此静候。告辞！

【雨娘随龙王从一侧上。雷公、电母跟随。

雨　娘　（唱）花繁似锦簇祥云，
　　　　　　　人间三月芳菲日。
　　　　　　　一看苏堤连春晓，
　　　　　　　二观柳浪闻莺啼，
　　　　　　　三赏花港红鱼美，
　　　　　　　四望双峰入云霓。

电　母　公主，你慢些些！

雨　娘　（唱）左有高塔斜日照，
　　　　　　　右闻南屏钟鼓敲。
　　　　　　　三潭映月画中景，
　　　　　　　惜无白雪倚断桥。
　　　　　　　夜深平湖映明月，
　　　　　　　婉转荷露待风摇。

　　　　　　更有豆蔻小儿女，

　　　　　　　朱颜碧色比花娇。

　　　　　　爹爹，这西湖美景，当真了得！

龙　王　怪的你如此欢喜，爹爹也甚是喜爱此处啊！

雨　娘　难怪此处常常烟雨朦胧，原来是爹爹常去散步！

龙　王　嘿嘿……这你可算是说对了！

雨　娘　爹爹，爹爹，那岸边是什么？

龙　王　那乃是雷峰塔，里面可关着一条犯了天规的白蛇呢！

雨　娘　爹爹，爹爹，你看那前方一书生，呆立雨中，伞也不撑，好不痴傻也！

龙　王　雨娘，你到底有没有好好听爹爹说话？

雨　娘　当然有了！

龙　王　那爹爹都说了什么？

雨　娘　爹爹说这个是雷峰塔，那个是呆书生……

龙　王　还有呢？

雨　娘　还有？（想了一阵子）爹爹说要让雨娘学行云布雨？

龙　王　总算是说对了！

雨　娘　爹爹，爹爹，我游兴正浓，你就不要扫兴了嘛！

龙　王　你是我龙王千金，岂可不会行云布雨？（向雷公）今日谕旨降雨几分？

雷　公　回龙王爷，玉帝谕旨今日降雨三钱二分！

龙　王　还不快随我忙起来！（织云布雨）

　　　　　（唱）织云布雨吾家事，

　　　　　　　指点江山意气扬。

　　　　　　　东海水君来为客，

　　　　　　　搅弄风云卷擎苍。

雷　公	（唱）一阵阵，
	雷声轰轰，
电　母	（唱）一道道，
	电闪金驰，
龙　王	（唱）好山好水好风光，
	好景好歌好龙王。
雷　公	（唱）好雷阵阵兆春归，
电　母	（唱）好雨如丝欢且畅。
龙　王	（唱）细雨无声润物生，
	春雷阵阵暖冬阳。
雷　公	（唱）且待明朝秋收日，
电　母	（唱）稻谷满仓麦黍香。
龙　王	（大笑）雨娘，看爹爹这行云布雨的功夫，端得如何啊？
雨　娘	爹爹，莫要再下了，方才那书生没有带伞，遇此大雨，岂不要淋坏了身子！
龙　王	我儿真是心善！
电　母	龙王爷，玉帝有旨，邀您天宫觐见！
龙　王	此刻觐见，所为何事？
电　母	说是那七公主爱上了凡人董永，犯了天规，入了情障！
龙　王	竟有此事？
雨　娘	爹爹，什么是"情"啊？
龙　王	咳咳咳，雨娘啊，情之一字，可悲可喜，可忿可歌，你看那白素贞为了个许仙，至今仍然被关在雷峰塔内，何其苦也！依爹爹看来啊，还是不沾为妙！
雨　娘	他们到底犯了何罪，竟至于要如此？
龙　王	男欢女爱，本是常情，只可惜他们这情，错了方向！

雨　娘	错了方向？
龙　王	仙凡有隔，人神相会，人妖相会，都是犯了天规，轻则贬入凡间，重则神魂俱灭！
雨　娘	呀！吓煞我也！
龙　王	孩儿莫怕！哎呀呀，只可惜七公主此次必是免不了抽去仙根，拔去仙骨，贬入凡尘了！
雨　娘	为了一个"情"字，竟至于如此？
龙　王	雷公、电母，闲话少叙，随我觐见！
雷公、电母	是！

【龙王携众人下。

雨　娘　爹爹又撇下我一人，好是无聊！待我藏在桥边，瞧瞧那呆书生！（藏于桥边）

张　生　绣绣！

绣　绣　（背影）张生，父母反对你我婚事，此生有缘无分，你就当是我负了你吧！

张　生　（唱）惊闻此、五内俱裂，
　　　　　　诉心怀、有谁人知？
　　　　　　旖旎春风，
　　　　　　空笑我、多情自诩；
　　　　　　情深不寿，
　　　　　　终不破、爱恨别离。

　　　　绣绣，你当真不要我了吗？

【张生上前抱绣绣，绣绣消失。

张　生　绣绣，你在哪儿，我怎么找不到你了？绣绣！（倒在桥边）

雨　娘　这呆子好生伤心！

【雨娘从桥边走出，为张生撑伞。

张　生　酒！我要酒！

【雨娘取来一壶酒，递与张生。张生饮酒，抓住雨娘的手不放。雨娘挣脱不掉。

雨　娘　（头歪向一旁蹙眉）好大的酒气！

张　生　绣绣，三千弱水，我只取一瓢饮，奈何弃之！奈何弃之！（抓住雨娘不放）

（唱）拳拳真心不可见，

　　　暴雨当空透心凉。

　　　千娇百媚多颜色，

　　　独爱一枝满庭芳。

　　　奈何春至花不开，

　　　鸿雁辞飞独怅惘。

绣绣莫走！

雨　娘　（唱）俏龙女、

　　　无计脱身；

　　　呆书生、

　　　心智沉沉。

　　　三碗杜康，

　　　便将那、桃李错认；

　　　几杯薄酒，

　　　便变作、混混沌沌。

这西湖美景如此动人，你却哭得如此伤心，却是为何？

张　生　自那日一见倾心，我便难以忘怀，张生此生只求与你在一起，再无其他！（抓得更紧）

（唱）痴心一片为红颜，

　　　相逢西湖三月中。

　　　　　丹青妙笔描红妆，

　　　　　良辰好景与卿共。

　　　　　奈何清歌生别离，

　　　　　泫然泪下染青松。

　　　绣绣莫走！

雨　娘　（唱）情依依、

　　　　　两相无欺，

　　　　　一朝散、

　　　　　各奔东西。

　　　　　辜负了，

　　　　　好韶光、春花秋月，

　　　　　痴心儿，

　　　　　苦离别、哭哭啼啼。

　　　也是怪可怜的，那女子抛下了你，你忘了她便是了，何苦如此！

张　生　（紧握雨娘手）绣绣，我知你心中一向有我，你如此对我，必是在试探我的真心。你且放心，我断不会误会了你的一片心意！

　　　（唱）一声声莺啼春晓，

　　　　　一句句字真情重。

　　　　　只愿此生长比翼，

　　　　　白头不悔情意浓。

　　　　　愿将我心换你心，

　　　　　生生死死与卿同。

　　　绣绣莫走！

雨　娘　（又好气，又好笑）好个痴心的呆子，就算她恼了你，你也

不该来恼我，她是她，我是我，你竟分辨不清。还不快快醒来！（打张生）

张　生　（吃痛，急忙松开）哎呦！哎呦！绣绣，难道真是我张生福薄，你当真不要我了吗？（嚎啕大哭）

雨　娘　这倒像是我的不是了！（向张生）呆子，你可看清楚，我可不是你的绣绣，我是雨娘！

张　生　雨娘？

雨　娘　正是！

张　生　你不是绣绣？（上下查看雨娘）世上怎会有如此相似之人？！

雨　娘　你的绣绣早就已经走了！

张　生　当真走了？

雨　娘　果真走了。

张　生　（唱）春风不度离人恨，

　　　　一重重，

　　　　一叠叠，

　　　　在心头。

　　　　桃花飞雨，

　　　　一滴滴，

　　　　一点点，

　　　　似断还连；

　　　　一片片，

　　　　一声声，

　　　　欲弃还休。

　　　　一桩桩，

　　　　情似细线，

　　　　一盏盏，

　　　　　　苦酒浇透。
　　　　　　守着舟儿天明，
　　　　　　载不动，
　　　　　　许多愁！
　　　　（退后几步，呆立许久）小生冲撞了姑娘，误将姑娘当作了我的心上人，委实该死！

雨　娘　（唱）观他神色多憔悴，
张　生　（唱）心中已无主心骨。
雨　娘　（唱）步履艰难多蹒跚，
张　生　（唱）鬼门关前盼又顾。
雨　娘　（唱）天意亦怜痴情人，
张　生　（唱）莫笑书生不丈夫！
雨　娘　（唱）救人一命胜浮屠，
张　生　（唱）奈何天心忍相疏！
雨　娘　既是如此，你需得向我好好道歉才好！
张　生　不知姑娘想让我如何道歉？
雨　娘　这个么……（撑伞）你若果真有心，便撑伞送我回家，我便原谅你！
张　生　撑伞？
雨　娘　（点点头，将伞递给张生）撑伞。
张　生　（拒绝雨娘）小生此生只为绣绣撑伞。
雨　娘　你这呆子好不识趣，你那绣绣早已弃你不顾，你又何苦如此？
张　生　不劳姑娘多问！
雨　娘　你！我不过叫你撑伞，你却如此推脱，好个呆傻书生！
张　生　（唱）一梦醒来皆成空，
　　　　　　错错对对难辨出。

　　　　　　欲登高山雪满途，

　　　　　　欲下长江无舟渡。

　　　　　　进亦难，

　　　　　　退亦难，

　　　　　　思亦难，

　　　　　　忘亦难，

　　　　　　人间自有康庄路，

　　　　　　奈何痴人心中无！

　　　　　小生此生只为绣绣撑伞！

雨　娘　　罢了罢了！你走吧！

张　生　　（神情凄惶）多谢！告辞！（差点跌倒，被雨娘撑伞扶住）

第二场　鸾梦

【法华寺。

【慧明上。

慧　明　　（唱）佛门偏有嶙峋骨，

　　　　　　爱管闲事爱伸张。

　　　　　　平生常忿不平事，

　　　　　　和尚肚里菩萨肠。

　　　　　　慧眼偏有侠义胆，

　　　　　　拨开乌云见清光。

　　　　　小僧法华寺主持慧明是也。平生别无所好，唯好管人闲事。近日里，寺内住进了一位书生，名叫张矫，诗书字画无不精通，却偏偏长吁短叹，竟是相思成疾。少不得小僧为他开导开导！

【张生卧于病榻上。

张　生　（唱）一别红颜已经月，

　　　　　　　依稀旧影存心间。

　　　　　　　相念相思不相逢，

　　　　　　　恍若春风又经年。

　　　　　　　久卧床榻病势沉，

　　　　　　　醒复昏来昏复醒。

　　　　　　　爱欲贪嗔，

　　　　　　　放不下，

　　　　　　　前尘一梦，

　　　　　　　朝朝暮暮长相伴；

　　　　　　　喜乐哀惧，

　　　　　　　忘不了，

　　　　　　　情深缘浅，

　　　　　　　暮暮朝朝长别离。

　　　　绣绣啊绣绣，你当真已经忘了我吗？（咳嗽）

慧　明　（捏嗓子扮女声）书生有人来见！

张　生　是绣绣吗？（急忙整理妆容）绣绣，我这便来开门，你千万莫急！（开门）

慧　明　书生可好些了？

张　生　（惊讶而失望地）怎么是你？

慧　明　我来看你，你却不领情么？这才真是"书生爱俏姐，秃头满脸羞"啊！

张　生　小生失言！

慧　明　佛门讲究戒执，张施主还是想开些为好啊！

张　　生　　小生福薄命浅，怕是已命不久矣。然这病重之中法师收留的盛情，却是要谢他一谢。(**勉强支撑着，作揖**)

（唱）佛门法华有高僧，

僧名慧明心亦明。

救人危难于水火，

雪中送炭情非轻。

慧　　明　　（唱）书生年少何自弃，

因缘际会各有机。

且待明朝重头过，

长帆破浪风云霁。

张　　生　　小生本是一痴儿，此生唯一所愿便是与绣绣双宿双飞，此愿不成，再无生趣。

慧　　明　　何苦如此！

（唱）一片丹心无人晓，

为谁憔悴为谁焦？

相思亦是杀人刀，

情剑出鞘催骨销。

乱哄哄，

纷纷扰扰；

情切切，

神神叨叨。

倒不如，

忘却凡尘缘，

一心归我佛，

酒肉穿肠过，

自在又逍遥！

张　生　　　大师又在说笑了！

慧　明　　　非也非也，你若一心求死，倒不如皈依我佛，斩断尘缘，倒也算是到那鬼门关走了一遭！

【小和尚扫地上。雨娘上。

雨　娘　　　（唱）七上八下人忐忑，

　　　　　　　三心二意步履摇。

　　　　　　　那日他，

　　　　　　　心如霜雪无春意，

　　　　　　　身如刀割又肉绞，

　　　　　　　一心苦恨脱凡尘，

　　　　　　　病势沉沉似火烧。

　　　　　　　不忍他，

　　　　　　　年尚弱冠赴黄泉；

　　　　　　　不忍他，

　　　　　　　痴情偏被无情恼。

　　　　　　不知这呆书生，到底怎么样了？

小和尚　　　这位施主且住，足下何人，来找哪位？

雨　娘　　　呀！爹爹说过，这仙凡之间不可交通，我该如何是好？

　　　　　　（唱）他问我，

　　　　　　　姓甚名谁住何方，

　　　　　　　我道是，

　　　　　　　家在天地四海游。

　　　　　　　仙凡有隔不相通，

　　　　　　　雨娘之名难出口。

　　　　　　小和尚，你这里可有一个姓张的书生？

小和尚　　　有哇。

雨　娘	我是他的朋友。
小和尚	噢，原来你便是绣绣！
雨　娘	绣绣？
小和尚	我可是见过你的画像，那张施主为了你，相思成病，茶饭不思，这下好了，我这便去通报！
雨　娘	小和尚，你等等！
小和尚	张施主，绣绣来见！
雨　娘	这小和尚将我误认成绣绣，若是书生空欢喜一场，岂不悲伤？也罢，我如今便索性化作绣绣前去探病，让书生欢喜欢喜，说不定他的病便能好了！

（唱）细整衣冠细梳妆，

　　　龙女摇身变娇娘。

　　　八分颜色七分骨，

　　　有样学样心不慌。

　　　巧施仙术障眼法，

　　　十分倒有九分像。

书生开门！

张　生	这声音……莫非是绣绣？
慧　明	说曹操，曹操到！（欲开门，被张生拉住）
张　生	不可！
慧　明	有何不可？
张　生	绣绣，你的心意我已知晓，事已如此，何必相见，你还是去了吧。
慧　明	你日夜切盼之人至此，你怎忍将她拒之门外？
张　生	痴人者，张生一人足矣，岂可再累他人？绣绣既有锦绣前程，我又怎忍心让她随我受苦？

慧　明	你既不是她，又怎知她不愿为你受苦？
雨　娘	书生，你不是想见我吗？
张　生	（唱）半是甜来半是酸，
	杂陈五味在心头。
	失而复得本欢喜，
	贫贱夫妻何所求。
雨　娘	（唱）他拒我门外难亲近，
	我心中纳罕不明了。
	一刻是痴心一片不欲生，
	一刻是拒人千里自傲娇，
	一刻是烈火熊熊情炽热，
	一刻是冰雪皑皑冷眉瞧。
张　生	（唱）痴心未改似昨日，
	烈烈真情绵延长。
	若非是，
	一场冷雨浇我身，
	一番分离引思量，
	又怎知，
	千言万语说不尽，
	千滋百味难相忘，
	千锤万打始成金，
	千折不挠方为钢。
	情到深处却踟躇，
	恐误你、如花美眷，
	青春年少苦支撑，
	两鬓无钗布衣裳！

慧　明　　（唱）天赐姻缘，
　　　　　　　何必要畏手畏脚？
　　　　　　　两情相悦，
　　　　　　　偏偏又絮絮叨叨。
　　　　　　　大丈夫切忌畏首畏尾，
　　　　　　　当心那新娘子要被人抢跑；
　　　　　　　小姑娘定要胆大心细，
　　　　　　　抱紧那情哥哥哪怕地动山摇。
　　　　　　　叫一声妹妹，
　　　　　　　神魂颠倒；
　　　　　　　唤一声哥哥，
　　　　　　　叫我好找！
　　　　　　　书生你抹不开情面、我来打敲，
　　　　　　　可不让你为今日、哭声到老！
　　　　　书生，你果真要赶绣绣走？
张　生　　正是！
慧　明　　既是如此，我去帮你回绝她！
张　生　　啊？

【慧明法师开门出。

雨　娘　　这书生好生奇怪，明明之前还一往情深，现在却说不愿见我。
慧　明　　（纳罕）这女子并非肉体凡胎，倒像是个神女仙侣！（对雨娘）这位姑娘，可是绣绣？
雨　娘　　正是。绣绣见过大师。
慧　明　　绣绣姑娘，我是本寺慧明法师，张生他不便见客，有什么话你便说吧！
雨　娘　　张生他可好些了？

慧　明	昨日服了汤药，已经好些了。你来此，究竟有何要事？
雨　娘	既是来此，自然是为了看书生了！
慧　明	张生他不愿见你，你还是速速去吧！
雨　娘	他不愿见我？
慧　明	他不光不愿见你，还想让我赶你走呢！
雨　娘	赶我走？他不是一心想见我么？
慧　明	这个就要你自己猜了！
雨　娘	（思索）我猜不出。
慧　明	张生，绣绣问你到底为何不肯见他？
张　生	（向门外）情缘已逝，何苦来此纠缠！绣绣，你走吧！
雨　娘	书生，你之前那么伤心，今日又如此绝情，莫非……之前是在骗我？
慧　明	张生，绣绣问你的，你可听见了？
张　生	（咬紧牙关，向门外）绣绣，既是已分开，便当各安一方，永不相见！
雨　娘	书生，你、你、你果真不要我了吗？
张　生	绣绣，我……

（唱）家徒四壁，

　　　何来银钱养娇娘；

　　　才华横溢，

　　　却无米粮奉糟糠。

　　　欲成双，

　　　怎忍拖你苦饥荒？

　　　欲辞绝，

　　　情之一字枉断肠。

　　　绣绣，你……你走吧！

| 慧 明 | 你二人有缘无分，绣绣姑娘，你还是赶紧走吧！ |
| 雨 娘 | 是我贸然前来，惊扰了二位！ |

（唱）心事重重无从说，

　　　千言万语总零落。

张　生　（唱）步儿迈开却又退，

　　　重重思来重重锁。

雨　娘　（唱）书生无恙本欢悦，

　　　冰心却又费思灼。

这书生对绣绣应是无意，若是有意，岂会故意不见？爹爹说过，这仙凡相会，乃是禁忌。如今他既要我去，我便去了吧！（向慧明）既是如此，绣绣便告辞了！

张　生　绣绣！

慧　明　等等！

雨　娘　大师还有何话？

慧　明　这里有煮好的红豆羹，你远来是客，喝完再走吧！

雨　娘　多谢大师！

（唱）红豆一碗掌中弄，

　　　为谁翻唱红豆辞？

　　　问君何物寄相思？

　　　却问春来发几支。

　　　春来但恨书信短，

　　　相逢又恨相见迟。

　　　可怜相思错寄予，

　　　红豆多情苦专执。

是我错解了书生之意，当以自罚！

张　生　（唱）心慕一人苦支撑，

　　　　　徘徊总把心事藏。
　　　　　身如红泥落尘土，
　　　　　却梦高山云水长。
　　　　　相思人儿在眼前，
　　　　　恨不能言，恨不能言。
　　　　　情锁结来终须解，
　　　　　一腔心事付黄粱。
　　　　　红豆甘甜如蜜糖，
　　　　　一口入唇满口香；
　　　　　红豆岂知相思苦，
　　　　　游戏人间诗满墙。
　　　　绣绣，你可知我心里的苦楚？

雨　娘　汤已饮完，绣绣告辞了！
张　生　绣绣！
慧　明　慢着！
雨　娘　大师还有何事？
慧　明　此园中春意盎然，美不胜收，听闻你能歌善舞，可愿为这春色舞上一曲？
雨　娘　这……也罢，我便舞上一曲！
张　生　（唱）满枝红杏当风摇，
　　　　　一树海棠舞韶光。
　　　　　欲留住，
　　　　　姹紫嫣红春共赏，
　　　　　终不过，
　　　　　人间百年逐苍茫；
　　　　　却原来，

　　　　　　万紫千红皆不见，

　　　　　　心一片，

　　　　　　只为伊人苦徜徉。

　　　　绣绣，只盼你一生平安喜乐，无病无灾！

雨　娘　这花开得如此烂漫，倒似比人更通情性。

慧　明　芳菲满目，妖娆多情！

雨　娘　花虽有情，人却无意。大师留步，绣绣告辞了！

慧　明　张生，绣绣可果真要走了！

张　生　绣绣莫走！

【张生开门，抱琴上。

雨　娘　书生，你……

张　生　绣绣，你可知我对你日思夜想，想断柔肠？

雨　娘　可是你刚才……

张　生　绣绣，你可知我方才句句狠心，皆为逼你离开？

雨　娘　这……这却是为何？

张　生　绣绣，你可知千错万错，皆错在我倾心于你，皆错在我家徒四壁？

雨　娘　书生，原来你……

张　生　往日你赠我同心结，我无以为报。虽此生难结同心，我却不能负你往日之情。（施礼）愿卿从此安然静好，方不负我半生痴恋。

雨　娘　天下竟有如此多情之人！

张　生　（琴歌）客从远方来，遗我一端绮。

　　　　　　相去万余里，故人心尚尔。

　　　　　　文采双鸳鸯，裁为合欢被。

　　　　　　著以长相思，缘以结不解。

　　　　　　　以胶投漆中，谁能别离此？
　　　　　　　以胶投漆中，谁能别离此？
雨　娘　（喃喃）以胶投漆中，谁能别离此？
张　生　绣绣，若有来生，你可愿嫁我？
雨　娘　（唱）原来这，

芳菲满地，

皆是那情丝飘摇，

烈日灼空，

敌不过情雨潇潇。

怜子多情，

龙女化身下凡尘，

一识君心万事消；

怜子多情，

借君一梦还一梦，

春梦无痕终需了。

不思量，

情深不寿，

多情总至无情；

自难忘，

长夜漫漫，

杜鹃一声春晓。

痴心一片把君怜，

三生石上魂也凋。

从此后，

何必问，

谁低谁高，

　　　　　　谁弱谁强,

　　　　　　聚散几何,

　　　　　　谁解寂寥?

　　　　原来这"情"之一字,竟是如此!(对张生)如有来生,我必定嫁你!

张　生　绣绣,听你此言,我今生心愿已了,就此别过!

雨　娘　慢!

张　生　还有何事?

雨　娘　(打开伞)大雨将至,张生可愿为我撑伞?

张　生　(接过伞)张生此生,只愿为你撑伞。

第三场　惊雷

【西湖侧畔。

【龙王携雷公、电母及众虾兵蟹将上。

龙　王　你们当真看清楚了?

雷　公　启禀龙王爷,公主每日变成凡人模样与那书生相会,已有数月,我二人皆看得一清二楚!

电　母　正是如此!

龙　王　岂有此理!那书生必定是欺我雨娘年幼,拐带于她!雷公、电母!

雷公、电母　有!

龙　王　随我前去!

【龙王携众人下。雨娘上。

雨　娘　(唱)好花也须有人知,

　　　　　　好雨也须有人赏。
　　　　　　花开一对连理枝，
　　　　　　一朵红来一朵香；
　　　　　　雨撒伞花遍山河，
　　　　　　书生为侬将雨挡。
　　　　　　侬是雨来郎是盅，
　　　　　　柔情蜜意一盅装。
　　　书生啊，书生！你可知这花儿也因为思念你，而失了几分颜色？

　　　【龙王携众人上。

龙　王　　只怕不是这花儿失了颜色，倒是你迷了心智吧！
雨　娘　　爹爹？！（慌忙失礼）啊，雨娘见过爹爹！
龙　王　　雨娘吾儿，你可知这仙凡相会，是何大罪啊？
雨　娘　　仙凡相会，轻则贬入凡间，重则神魂俱灭！
龙　王　　正是如此！
　　　（唱）你是我娇滴滴东海一千金，
　　　　　　修的是五百年龙女成仙体。
　　　　　　布云雨、掌管这人间山河，
　　　　　　司凶吉、考察那福寿之期。
　　　　　　却为何，
　　　　　　贪恋那儿女情、痴男怨女，
　　　　　　抛却那父母恩、意乱情迷，
　　　　　　悖逆那天地则、仙家不容，
　　　　　　私会那呆书生、罪大莫及！
　　　雨娘，你可知罪？

雨　娘　　爹爹莫怪！

（唱）非是儿忘出身、荒唐到底，

只为那一世愿、生生不离。

修仙道，千百年，

孤身一人，

纵与天寿齐，

想来终无趣。

试观这，天地间，

红尘滚滚，

事了拂衣去，

不问相会期。

龙　王　非是为父一心为难你，只是那天规难违，若你执意如此，怕是从此要永诀仙尘，受尽生死轮回之苦啊！

（唱）贬凡尘，

千般痛楚，

去仙身，

万劫不复。

可知那太上忘情，

众生听令，

天地俯首；

可知那情劫难度，

万念俱灰，

生念皆无。

儿啊儿，

你可知，

生是苦，老是苦，

病是苦，死是苦，

　　　　　　怨憎会苦，爱别离苦，
　　　　　　求不得苦，五取蕴苦，
　　　　　　轮回皆苦！

雨　娘　　爹爹！
　　　　　（唱）生老病死，
　　　　　　轮回苦，
　　　　　　不惧重历。
　　　　　　莫笑凡尘，
　　　　　　聚散短，
　　　　　　哭哭啼啼。
　　　　　　百年事，终须了，苦无依。
　　　　　　拜君父，恨此生，长相离！

龙　王　　雨娘，仙凡之隔断不可破，破则要受重罚！爹爹是怕你受苦啊！雷公、电母！

雷公、电母　在！

龙　王　　带公主回宫！

雨　娘　　爹爹！人生一世不过区区百年，爹爹便放过雨娘这百年如何？

龙　王　　为这区区百年而受永世之苦，爹爹我怎可由你！

雨　娘　　孩儿甘心情愿！

龙　王　　你明知那张生所爱之人并非是你，为父岂能容你受此委屈？

雨　娘　　我与书生情投意合，不管我是名唤绣绣还是名唤雨娘，我相信他的情意都不会变！

龙　王　　痴儿，果真痴儿！那书生爱慕的人分明是绣绣，与你何干？你如此执迷不悟，就莫怪爹爹无情了！雷公、电母，布天雷！

雷公、电母　是！

雨　娘　　爹爹果真要如此？

龙　王　　就算将你重伤，也要断了你这点儿痴念！

雨　娘　　雨娘我生是书生的人，死是书生的鬼！

龙　王　　真是气煞我也！给我劈！

雷　公　　果真要劈？

龙　王　　当真要劈！

电　母　　劈了不心疼？

龙　王　　（咬牙）不心疼！

雷　公　　口是心非！

龙　王　　要是再敢饶舌，便将你二人打回原籍，颐养天年！

雷　公　　啊呀……公主，这下便怪不得我二人了！

雨　娘　　（唱）一声声，

　　　　　　电闪雷鸣，

　　　　　　一行行，

　　　　　　霹雳弦惊。

　　　　　　这天地，

　　　　　　怎地无情，

　　　　　　一对对劳燕分飞，

　　　　　　一双双不得安宁！

龙　王　　休得胡言！

雨　娘　　（唱）问苍天，

　　　　　　情有何过？

　　　　　　你愿修逍遥仙道，

　　　　　　三万载与天同寿，

　　　　　　我愿做红尘散人，

　　　　　　一百年与地共眠。

龙　　王　　无知小儿！

雨　　娘　　（唱）作得个茧儿自缚，

　　　　　　　　　为化蝶、破茧衣；

　　　　　　　　空将那神女自诩，

　　　　　　　　未承望、伤别离。

　　　　　　　　甚无趣，

　　　　　　　　天地也，

　　　　　　　　浩浩汤汤，

　　　　　　　　千万年天则如一！

龙　　王　　大胆！你竟然说这天则要改！

雨　　娘　　时移世易，为何不能改？

龙　　王　　你既不能断此痴念，为父便替你断此痴念！

　　　　　　【张生与慧明上。

张　　生　　雷声大作，大雨将至，我需得赶快找到绣绣为好！

慧　　明　　书生莫急，绣绣必不曾走远！

张　　生　　你我分开找寻！

慧　　明　　如此甚好！

　　　　　　【慧明下。

张　　生　　绣绣！绣绣！

雷公、电母　看我二人闪电！

张　　生　　啊……（被劈）

雷　　公　　该死该死！这闪电好像劈到那书生身上了！

电　　母　　要死要死！这下公主断不肯善罢甘休，你我还是早点儿退休为妙！

雨　　娘　　书生！（抱住书生）求爹爹救救书生！

龙　　王　　救他一命乃是易事，但你必须答应我一件事情！

雨　娘	何事？
龙　王	随我返回东海，从此再不见他！
雨　娘	只能如此？
龙　王	只能如此！
雨　娘	（唱）一场春梦了无痕，

　　　　　　　开到荼蘼花事尽。

　　　　　　　花红千日万般好，

　　　　　　　花落之时余悲音。

　　　　　　　书生啊，

　　　　　　　你与我，共平生，

　　　　　　　情比金坚，

　　　　　　　你与我，长相离，

　　　　　　　今生难寻。

　　　　　　　莫忘海棠花下誓，

　　　　　　　莫负侬情与君心！

　　　　　　爹爹，我答应你！

龙　王	绝不反悔？
雨　娘	绝不反悔！
龙　王	如此，我便帮你医治书生！
雨　娘	多谢爹爹！

　　　　　【龙王医治书生。

龙　王	书生醒来！
张　生	绣绣！绣绣！
雨　娘	书生，你醒了？
张　生	绣绣？
雨　娘	我不是绣绣。

张　生	是了，你是雨娘。当日西湖侧畔冲撞了姑娘，是我不是……（起身）还未谢过姑娘两次相救！
雨　娘	不必多礼！
张　生	他日我与绣绣成亲之日，必邀请姑娘前来相贺！
雨　娘	书生，你不认识我了吗？
张　生	姑娘不是雨娘吗？
雨　娘	我是雨娘，可是……
龙　王	吾儿，切莫忘了你与为父之约！
雨　娘	（唱）情动之前如混沌，
	情动之初如微光，
	情动之时如烈火，
	情动之后断柔肠。
	千丝万缕苦相牵，
	千折百挠难相忘。
	情之一字，何其苦也！
张　生	我还有要事在身，姑娘若无事，在下便告辞了！
雨　娘	书生莫走！
	（唱）春风偏送腊月寒，
	海棠花落随人葬。
	郎啊郎，
	妾在面前君不识，
	妾可曾在君心上？
	郎啊郎，
	千回百转为君苦，
	却换珍珠泪两行。
张　生	姑娘有何事？

雨　娘		书生，你可是来寻你的未婚妻绣绣的？
张　生		正是！姑娘怎生知道？
雨　娘		你要找的那位姑娘，她已不在这里了。
张　生		多谢姑娘提点，我这便去别处寻她！
雨　娘		书生莫走！
张　生		姑娘还有何事？
雨　娘		你果真如此爱慕那位绣绣姑娘？
张　生		海枯石烂，此心不移！
雨　娘		若你此番寻不见她，又当如何？
张　生		天涯海角，遍寻此生！
雨　娘		你去吧。
张　生		告辞！
雨　娘		书生莫走！
张　生		姑娘还有何事？
雨　娘		书生，若你知你爱的人并非是绣绣，你可会后悔？
张　生		姑娘这话问得好生奇怪。小生爱的人岂会不是绣绣？
雨　娘		是我失言了。（欲走）
张　生		小生所爱之人，乃是这数月以来朝夕相处之人，乃是那海棠花下轻歌曼舞之人，乃是那月色之中共赏清辉之人，纵使她非唤绣绣，小生亦不后悔。
雨　娘		书生，你可知我……
龙　王		孩儿，切莫忘了你与为父之约！
雨　娘		（唱）一句誓约惊雷响，
		话在腹中无人懂。
		情有百盏，
		一盏甜，

　　　　　一盅苦，
　　　　　一盅悲欢和酒浓，
　　　　　一盅断肠为情重。
　　　　　酒浓之时倾心醉，
　　　　　情重难留步匆匆。
　　　　　来时无路去无踪，
　　　　　一腔心事在此中！

张　生　姑娘两次相救，小生无以为报，可有什么能让在下帮你做的？

雨　娘　你若果真有心，便撑伞送我回家，如何？

张　生　还是撑伞？

雨　娘　还是撑伞。

张　生　小生说过，此生只为绣绣一人撑伞。姑娘可还有其他愿望？

雨　娘　……不必，你快去寻你的绣绣吧。

张　生　多谢姑娘！（向别处）绣绣！绣绣！你在哪里？

【雨娘痴痴望着张生离去。

龙　王　雨娘，他既不认得你，你留在这里又有何益处？还不快随我走！

雨　娘　书生，书生！你当真不认得我了吗？情之一字，情之一字到底为何物？

　　　　（唱）侬为你断尽柔肠，
　　　　　　一腔血，泪痕长，
　　　　　　侬为你费尽思量，
　　　　　　苦多情，不成双。
　　　　　　苍天有泪流何处，
　　　　　　碧海滔滔心事藏。

天心岂为离别苦，

人间冷暖自沧桑。

一生情，半世殇，

可怜春半却还乡。

梦里春归无觅处，

却问前缘春梦凉。

第四场　相忘

【西湖侧畔。

【雷公电母上。

电　母　这杭州城连续数日无雨，真是怪哉，怪哉！

雷　公　这你就有所不知了吧，前日里因为公主的事情，龙王爷少不得恼了这杭州城，再不肯到这西湖侧畔玩耍，这杭州城自然也就没有雨了。

电　母　如此说来，这杭州城……

雷　公　这杭州城，以后还是少来为妙！

电　母　可是公主对这杭州城却是念念不忘，这不，今日里又来了！

【雨娘上。

雨　娘　（唱）良辰美景总如故，

　　　　断桥白堤雾霭浓。

　　　　伤心桥下春草绿，

　　　　曾是惊鸿波影动。

　　　　春风不度离人愿，

　　　　何况离人愿不同。

>　　海棠花开无人赏，
>　　　庭院深深深九重。

雷　公　　公主，已近酉时，我们该回龙宫了。

雨　娘　　也罢，我便随你二人回去吧！

【张生与绣绣父母上。绣绣父母将张生拦在门外，张生哀哀祈求。

绣绣父　　张矫，你我有约在先，若是三日内杭州城能下雨，我便将绣绣许配于你，你可还记得？

张　生　　当然记得！

绣绣父　　如今三日之期已过两日，若是今日还不能下雨……

张　生　　便又如何？

绣绣父　　我便做主将绣绣嫁与李家！

张　生　　员外，我对绣绣情深意重，求二老成全！

绣绣母　　你家徒四壁，难道要我女儿跟着你受苦不成！

绣绣父　　我看在你一片真心，才许下如此之约，今日已近酉时，若是天不帮你，你可就莫怪我了！

【张生跪下许愿。

张　生　　愿天怜我！

　　　　　（唱）向天求取一生愿，
　　　　　　　　愿天怜惜共成全。
　　　　　　　　天心亦知离别苦，
　　　　　　　　与地相望盼团圆。
　　　　　　　　雨丝多情解缠绵，
　　　　　　　　丝丝缕缕共婵媛。
　　　　　　　　乞愿天降及时雨，
　　　　　　　　普救苍生成良缘。

雨　娘　　（唱）心儿一颗禁不起，
　　　　　　　　声声入耳难忘记。
　　　　　　　　可知那，
　　　　　　　　西湖侧畔把心系，
　　　　　　　　可知那，
　　　　　　　　法华寺中甜如蜜。
　　　　　　　　天意不怜有情人，
　　　　　　　　声声唤来生生离。

电　母　　公主，咱们走吧！

【雨娘不动。

雷　公　　公主，容我一问：他张生是何人，你是何人，他与你可有何关系？

雨　娘　　……不曾有半分关系。

雷　公　　你为雨娘，他为张矫，他对你可有半分情意？

雨　娘　　……不曾有半分情意。

雷　公　　既然如此，公主何不与我二人速回龙宫，何必多管他人闲事？

雨　娘　　（呆愣片刻）也罢，我们走吧！

张　生　　（唱）似这般良辰好景苦争春，
　　　　　　　　海棠流韶一枝俏，
　　　　　　　　舞不尽春风几度随人暖，
　　　　　　　　舞不尽相思红豆满地抛，
　　　　　　　　舞不尽梦里芳菲星间落，
　　　　　　　　舞不尽琴语绵绵明月照。
　　　　　　　　流光容易催人老，
　　　　　　　　几番风雨也潇潇，

	且将此生共,
	不问暮与朝!
	绣绣,你可还记得那法华寺中的海棠花?可还记得我为你月下弹奏的琴曲?若是忘了,我再与你说一遍可好?
绣绣父	休得胡言!我女儿几时曾前往法华寺?
雷　公	公主,怎么又不走了?
雨　娘	我……这西湖美景美得甚妙,我想再多看一会儿。
雷　公	既然美景妙极,怎可仓促观看,明日再来!
雨　娘	这……我听说这西湖吃食可口得紧,我想去尝他一尝!
雷　公	公主想吃些什么,我与电母与你一同带回去可好?
雨　娘	我乃是东海公主,不过在此多逗留片刻,你二人何故不允?
电　母	公主,非是我们不允,龙王爷说了,若是你再和那书生相见,便要扒了我俩的皮!
雨　娘	当真如此?
电　母	求公主饶了我二人吧!
雨　娘	(唱)放不下,
	海棠春盛梦一场;
	放不下,
	相思红豆春共赏;
	放不下,
	芳菲同醉芙蓉帐;
	放不下,
	琴语绵绵情意长。
	相思人被相思误,
	不觉相思独自凉。
	书生啊!书生,你我果真是有缘无分吗?

| 电　母 | 公主！走吧！
| 雷　公 | 前尘旧事，不过春梦一场！何苦如此执着！
| 雨　娘 | （唱）侬将那西湖风雨酿成酒，
　　　　　　一杯已醉卧山梁；
　　　　　　侬将那烈日灼灼化云海，
　　　　　　却见他峰隔擎苍。
　　　　　　一路寻来一路找，
　　　　　　一时显来一时藏，
　　　　　　寻寻觅觅不曾见，
　　　　　　悲悲喜喜惹人厌，
　　　　　　休笑我，休笑我，
　　　　　　情之一字未曾解，
　　　　　　空诩多情，
　　　　　　痴心未央。
　　　　　　痴也痴，怨也怨，
　　　　　　痴怨也罢不由人，
　　　　　　舍之不易终需舍，
　　　　　　覆水难收枉思量。

书生啊，你我今生事了，再无相会之期！雷公、电母，随我回东海！

雷公、电母　是！

【慧明上。

| 慧　明 | 且慢！姑娘留步！
| 雷　公 | 公主，我们快走！
| 慧　明 | 仙子留步！
| 雨　娘 | 呀！听这声音，倒像是慧明！

电　母	公主，不必管他，我们回宫要紧！	
慧　明	绣绣留步！	

【雨娘停住回头。

电　母	大胆！何人敢拦我家公主！
雨　娘	大师莫不是认错了人，这里并无什么绣绣。
慧　明	当日法华寺中探望张生之人，莫不是小姐？
雷　公	这和尚倒非是肉眼凡胎！
雨　娘	大师既已识破，当知此中情由。情缘已尽，雨娘理当告辞！
慧　明	和尚但求姑娘一事！
雨　娘	但说无妨。
慧　明	若姑娘果真可怜张生一片真心，可否襄助，成就张生与那真绣绣的姻缘？
雨　娘	这……
电　母	你这老和尚好没道理！我家公主的心上人，怎可随意让给别人？
慧　明	我佛慈悲，姑娘钦慕张生，难道不正是因为他的爱人之心吗？
雨　娘	呀……正是如此！
雷　公	公主休听他胡说！情之一字，至为自私！怎可与他人共享？
慧　明	非也！情之一字，至为无私！惟其如此，才动人心肠！
电　母	公主，我们走！
慧　明	不能走！
雷　公	公主，不必管这老和尚，我东海龙宫，何尝畏惧这等人物！
慧　明	你果真忍心看着张生他孤苦伶仃吗？
雨　娘	这……
张　生	求上天垂怜，成全我这苦命的人吧！
雷　公	公主，不要管他们，我们回东海！

雨　娘　　　呀……

（唱）风云涌动终须散，
　　　花开花谢暮与朝。
　　　海棠怒放无人赏，
　　　烈日当头似火烧。
　　　一桩错，
　　　错在书生酒醉，
　　　错将海棠认红芍；
　　　二桩错，
　　　错在雨娘唐突，
　　　错扮绣绣因年少。
　　　错如何，对如何，
　　　错错对对情不悔，
　　　五百年繁华入梦，
　　　三千里长江入海，
　　　斗转星移，
　　　不若一世情难了。
　　　郎心一片磁针石，
　　　妾心一株蒲苇草。
　　　欲依郎怀长枝桠，
　　　奈何冰火严相浇。
　　　牵侬之手尚温存，
　　　侬在眼前君难认，
　　　呼君唤君听不见，
　　　人间咫尺似监牢。
　　　不能放，却要放，

万千心事终成灰,
放下那痴痴怨怨一生恋,
放下那悲悲喜喜曾煎熬。
这一场,
风娇日暖、风花雪月,
风车云马、风号雪舞,
诉与谁知晓?
不能忘,却要忘,
来来往往俱成空,
忘却那西湖侧畔初相见,
忘却那法华寺中肆妖娆。
侬是雨来郎是盅,
水满盅溢雨飘摇。
忘侬情,忘郎怀,
也将这生生死死全参透,
爱爱恨恨都忘掉。
从此后,
妾归东海观碧涛,
君归余杭看涨潮。
妾心君心各自归,
相忘天涯不相扰。
海上明月清辉照,
天涯一轮却迢迢。
愿以我心比君心,
成全你,
一世平安、三生姻缘、夫妻同心、白头偕老!

雷公、电母！

雷公、电母 在！

雨　娘 随我布雨！

雷　公 公主！玉帝并未下旨有雨，若是贸然降雨，恐受天罚啊！

电　母 求公主三思！

雨　娘 还要我再说一遍吗？！

雷公、电母 是！（随雨娘司云布雨）

张　生 下雨了！果真下雨了！

慧　明 好雨，果然是好雨！

绣绣母 莫非果真是天意？

绣绣父 天意如此，我既有言在先，便同意你与绣绣的婚事！

张　生 多谢员外！啊不，多谢岳丈！

绣绣父 哼！

张　生 待我向天还愿！

【张生跪下。

张　生 （唱）天降好雨成姻缘，

　　　　　　以雨为媒结连理。

　　　　　　雨丝风片两依依，

　　　　　　旖旎多情总相宜；

　　　　　　雨随风至润无声，

　　　　　　人间芳草又萋萋。

多谢上天垂怜，小生片刻不敢相忘！

绣绣母 还不速速去见绣绣？

张　生 多谢岳母大人！

【张生与绣绣父、绣绣母下。

慧　明 和尚代张生多谢姑娘襄助！

雨　娘	不必！情之所钟，不能由己，何谢之有？
慧　明	姑娘少待，我这便将真相告诉张生！
雨　娘	慢！
慧　明	姑娘还有何话？
雨　娘	情缘已逝，何必再与他多增烦恼？
慧　明	可是……
雨　娘	痴人者，雨娘一人足矣，何必再累他人？告辞！
慧　明	这……阿弥陀佛！

【天兵天将上。挡住雨娘去路。

天　将	哪里走！
雨　娘	不知尊驾驾到，所为何事？
天　将	大胆龙女，任性妄为，违逆天条，其罪当诛！玉帝念你父劳苦，将你贬入凡尘，从此不得再入仙籍！
雨　娘	你愿修逍遥仙道，三万载与天同寿；我愿做红尘散人，一百年与地共眠。纵入凡尘，又有何惧？
天　将	大胆龙女，不知改悔！来人，助我去其仙骨！

【天兵天将为雨娘去仙骨。

天　将	将这龙女丢在这西湖侧畔，随她自生自灭去吧！
雷公、电母	公主！（扶起雨娘）
雷　公	老和尚，你和那呆书生，可害苦我家公主了！
电　母	公主，何苦如此啊！
慧　明	阿弥陀佛！姑娘，我……
雨　娘	此雨娘之事，与大师何干，与书生何干？
电　母	公主，到了这个时候，你还护着他们！
雨　娘	雨娘如今已非仙身，仙凡有别，你们速速去吧，不必再管我。
雷　公	公主！

电　母		公主！
		【雨娘摆手，雷公与电母恋恋不舍下。慧明扶雨娘下。
幕　后		（唱）雨丝风片两依依，
		无奈多情苦别离。
		相逢总恨相见迟，
		相思人儿泪一滴。
		【数年后，西湖侧畔。雨中。
		【雨娘独自坐在桥边，张生撑伞上。
张　生		绣绣，绣绣，你在哪里？
雨　娘		（笑）绣绣不是和你成亲了吗？你怎么又找不到她了？
		【张生猛然回头，走近雨娘。
雨　娘		书生又犯傻，我并不是你的绣绣。
		【张生不答，为雨娘撑伞。雨娘惊讶地抬头，幕落。

【剧终】

【大型戏曲剧本】

酒 狂

人 物

阮　籍　字嗣宗，竹林七贤之一
嵇　康　字叔夜，竹林七贤之一
钟　会　司马昭幕僚
阮　琮　阮籍仆人
刘　伶　字伯伦，竹林七贤之一
山　涛　字巨源，竹林七贤之一
孙　登　隐士，嵇康老师
红　蕊　兵家女，爱慕嵇康
向　秀　字子期，竹林七贤之一
柳　儿　红蕊侍女
郑　冲　魏国臣子
何　曾　司马昭宠臣

时 间

魏晋之际

场　次

楔子
第一折　入境
第二折　山游
第三折　长别
第四折　代笔

楔子

【大魏景元三年。

【阮府。

【阮琮急匆匆上。

阮　琮　　在下阮琮，乃阮府家仆。今日郑冲，何曾两位大人递上门帖，说是大都督司马昭要召老爷觐见。可昨夜老爷饮酒至醉，不知何时才能酒醒，真真急煞我也！

【钟会上。

钟　会　　（白）当世张良出奇策，

　　　　　　　　平定叛乱掌内廷。

　　　　　　　　曹魏残喘比秋虫，

　　　　　　　　火德代木方正兴。

　　　　司马公即将晋位晋公，加赐九锡，非要令这阮籍写劝进表。这阮籍借口大醉，又是三日三夜。我倒要看看，他究竟还有何借口推辞！（进府）怪道住着个酒鬼，这里不像步兵校尉府，倒像是个酒坊！

阮　琮　　这位大人是……

钟　会	在下钟会，特来探望阮大人。
阮　琮	我家大人酒醉在堂，恐怕不便见客。
钟　会	不妨事。既是如此，我便在此等他醒来。
阮　琮	你要在此等他醒来？
钟　会	正是！
阮　琮	上次我家大人一醉醉了三个多月，这次就连我也不知晓大人究竟要醉到何时。
钟　会	他若醉上三个月，我便等上三个月；他若醉上一年，我便等上一年！
阮　琮	这、这、这……
钟　会	你去禀报你家大人，我钟会乃是奉了司马公之命前来请他，这一劫，他无论如何也逃不掉！
阮　琮	呀、呀、呀，我这便去！
钟　会	慢着！
阮　琮	钟大人还有何事？
钟　会	你告诉阮籍，我只给他一夜时间。
阮　琮	一夜时间？
钟　会	不错！明日晨时，司马公召见群臣，就算是背，我也一定把他背到朝堂上去！
阮　琮	是、是、是，我这便去！（向内）老爷，老爷！

【幕内唱：

　　"欲存身高洁，

　　风雪严交织。

　　可怜三春日，

　　绵绵此恨期。"

——灯渐暗

第一场　入境

【阮籍琴室。

【阮籍卧于琴室的卧榻上。一旁有一桌、一琴、一椅。

【嵇康上。

嵇　康　（琴歌）世事奔忙，谁弱谁强，

　　　　　　　　行我疏狂狂醉狂。

　　　　　　　　百年呵三万六千场。

　　　　　　　　浩歌呵天地何鸿荒。

　　　　　　　　旦复旦兮夜复夜，

　　　　　　　　醒时复醉醉无央。

【阮籍惊醒。

阮　籍　弹琴者谁？

嵇　康　吾乃嵇康。

阮　籍　你怎会是叔夜。叔夜他已经死了。

嵇　康　是的，叔夜死了。可我是他的魂。

阮　籍　你是叔夜的魂？莫不是我在梦中？

嵇　康　你该醒了。

阮　籍　不，不，我不能醒。他们还在那里。

嵇　康　对，他们还在那里。可是你，必须要做个决断了。

阮　籍　我……我不能！

　　　　（唱）怎忍那沾血手，端坐高堂，

　　　　　　　怎忍那虎狼士，搅弄朝纲，

　　　　　　　假仁、假义、假模、假样，

　　　　　　　假托圣谕立牌坊，

却将那礼教忠信全推倒，

廉孝节义都抛掉，

做的个表面文章！

嵇　康	嗣宗，你醉了。
阮　籍	我没有醉。我既不能像山兄一样忍辱负重，也不能像你一样直接拒绝，我是个懦夫！我是个懦夫！
嵇　康	你累了。睡一会儿，一切都会好起来的。
阮　籍	叔夜……
嵇　康	睡吧。

【灯渐暗。黑暗中有琴声传来。

阮　琮　（唱）恍忽忽身轻欲飘，

思渺渺鼓乐声悄。

一线光引我前路，

步忐忑好似奔逃。

云雾间依稀旧影，

恰似那一钩竹林月照！

【灯亮。阮琮上。

阮　琮	少爷！少爷！
阮　籍	阿琮？
阮　琮	少爷，山涛、向秀几位先生都到了，都在等您呢。
阮　籍	等我？
阮　琮	今日竹林聚会之期，少爷怎么忘了？
阮　籍	竹林聚会……
阮　琮	少爷，你还不赶紧去！（推阮籍向前）

【山涛、向秀、刘伶上。

刘　伶	好个阮嗣宗，竟然害我们等了那么久！

阮　籍　　山涛兄、向秀兄、刘伶兄，你们来了？

向　秀　　我新写了一段《庄子》注，特来求教。

刘　伶　　向兄所注《庄子》宛如庄周重生，连叔夜不是都说"妙析奇致，大畅玄风"吗？

阮　籍　　叔夜呢？……他还好吗？

向　秀　　叔夜新娶长乐亭主，正是柔情蜜意，恩爱成双。你就别为他瞎操心了！

山　涛　　嗣宗，你今日似是异样，是不是哪里不适？

刘　伶　　山涛兄多虑了，我今日可是带来了好酒，嗣宗见了酒，哪里还会不适！

向　秀　　你以为人人都像你刘伶一样，是个酒鬼吗？

刘　伶　　别人我是不知道，可是嗣宗，我知道他是！

向　秀　　活该你那参军做不成，你这心中只有一个"酒"字，哪里还容得下其他！

刘　伶　　有何不好？酒在我手，心口相应，快哉快哉！（倒酒）来来来，一人八斗，不许耍赖！

向　秀　　八斗哪里够！

刘　伶　　既然如此，管够就是！

阮　籍　　酒在我手，心口相应，快哉快哉！

（唱）重走这来时路心怀激荡，

　　　　重聚这昔日缘泪眼茫茫。

　　　　酒儿一盅，

　　　　结下那后世缘，缘结不解；

　　　　话儿一句，

　　　　吞吐尽天地香，香飘四方。

　　　　少年意气，

　　　　　　只盼将乾坤换，星月朗朗！
　　　　　　好酒！
向　秀　　能让他刘伶惦记的，自然是好酒了！
刘　伶　　我刘伶不过一介布衣，哪里比得上出身名门、口口声声仁义礼教的司马氏，自然眼里只有酒啦。
向　秀　　何必说这些，今日风朗气清，正当高歌长啸，纵酒畅谈！
刘　伶　　正当如此！嗣宗，你的新曲我们还没有听过，择日不如撞日，何不今日就奏给我们听？
阮　籍　　你说的是哪一首曲子？
向　秀　　自然是你的《酒狂》了。
阮　籍　　《酒狂》？
向　秀　　正是。
阮　籍　　《酒狂》者，只能酣醉之时演奏，现在我尚清醒，恐怕演奏不了此曲。
刘　伶　　既是如此，只能让你不醉不归了！阿琮，拿盆来！
阮　琮　　盆？
刘　伶　　我与阮籍兄拼酒，岂可用杯用碗，那岂不是玷污了我俩作为酒鬼的名声？
阮　籍　　既是如此，阿琮，拿盆来！
向　秀　　哈哈，阮籍与刘伶拼酒，千载难逢，值得一看！
阮　琮　　山先生，向先生，二位还是劝劝他们，若是这两位都醉了，可是不得了！
山　涛　　哪里会都醉，伯伦纵然会醉，然而嗣宗却不会。
刘　伶　　不怕不怕，我的童子已在林外，锄头也已在侧，若是醉死，当下挖个坑埋了便是！
阮　琮　　啊？

向　秀　快哉！果真快哉！

山　涛　纵是拼酒，我等号为七贤，岂可如牛豪饮？

刘　伶　想我七贤聚于竹林，远离尘嚣，阮兄与叔夜乃我七贤之翘楚，实乃天下士人之冠冕！（举盆）这第一盆酒，我便敬你阮兄胸怀日月，博学多才！

　　　　（唱）通文才尚诗书，颜骞再生，

　　　　　　　好庄老精音律，当世无双。

　　　　　　　文能出奇、弦歌舞曲尽其意，

　　　　　　　饮马狂沙、英风飒金鼓铿锵！

阮　籍　生受了！

　　　　（唱）却将那诗书礼乐全忘怀，

　　　　　　　却将那文韬武略胸中藏，

　　　　　　　只为那乱世中一门老小赖活命，

　　　　　　　只为那宫门下曹公帝血溅高墙！

刘　伶　这第二盆酒，我再敬你阮兄一身狂气，七分傲骨！

　　　　（唱）锦绣才偏有傲骨铮铮，

　　　　　　　登门客也知青白分明。

　　　　　　　笑骂这天地间熙熙来往皆为名利，

　　　　　　　观今日红尘事你争我夺狗苟蝇营！

阮　籍　也罢了！

　　　　（唱）青白眼臧否人物不为虚名，

　　　　　　　锦绣才妆点太平粉饰朝纲。

　　　　　　　只盼那日月高悬洗尽世间昏暗，

　　　　　　　不让这大好山河沦为修罗狱场！

刘　伶　这第三盆酒，我来敬你阮兄恣意洒脱，不惧强权！

　　　　（唱）好头颅不畏倒悬快哉畅意，

　　　　　一身轻荣禄看淡自在而行。
　　　　　任狂风骤雨雷电交鸣，
　　　　　且听我阮嗣宗虎啸龙吟！

阮　籍　我，恣意洒脱，不惧强权？

刘　伶　正是！

阮　籍　伯伦，你太高看了我，这酒，阮籍受不得！

刘　伶　有何不可？你数次拒绝朝廷征召，难道不是不惧强权吗？

阮　籍　我今日能拒绝，只因这强权，还不够强而已。

向　秀　（变色）阮籍兄……

阮　籍　阮籍并非天下士人之冠冕，阮籍不过是个谁也救不了的、虚有其表的懦夫罢了！（欲下）

山　涛　嗣宗，你等等！

阮　籍　还有何事？

山　涛　我有一事请你帮忙。

阮　籍　何事？

山　涛　司马公派人去见叔夜。此事你可曾听说？

阮　籍　（停步）这次派去的是什么人？

山　涛　一个名叫钟会的年轻人。

阮　籍　（苦笑）钟太傅家的小儿子钟会。

山　涛　不错。你知道他？

向　秀　司马公的使者去见叔夜也不是一次两次了，又不是什么稀奇事。

山　涛　钟会不仅去见了叔夜，还来见了我。

向　秀　山兄……

山　涛　你不想问问我是怎么回答的吗？

刘　伶　你答应了他？！

阮　籍	司马是你的姻亲，这是早晚的事情。他让你去担任什么职位？
山　涛	吏部尚书郎。
阮　籍	你很适合这个位子。
山　涛	这个位子本来应该是叔夜的。
阮　籍	叔夜他不会接受的。
山　涛	嗣宗，你应该劝劝叔夜，他是曹家的女婿，他比我更需要这个位子。
阮　籍	叔夜他不会接受的。
山　涛	我知道他不会接受。所以才需要你来劝说他。
阮　籍	我？
山　涛	对，就是你。
阮　籍	你想让我说服叔夜，去出任司马氏的官职？
山　涛	不错。
阮　籍	你可知司马氏诛杀顾命大臣曹爽，独掌朝纲，密谋篡权？
山　涛	我知道。
阮　籍	你可知司马氏独揽大权，诛海内名士，行天子之实？
山　涛	我知道。
阮　籍	既然知道，为何如此？！
山　涛	嗣宗啊！

　　（唱）我知你幼遭父丧受人恩惠，

　　　　　我知你重情义难狠心肠，

　　　　　怎奈那司马氏羽翼已成，

　　　　　旧江山已换了昔日模样。

　　　　　纵使他君无道党同伐异，

　　　　　奈何以金玉质送于强梁！

阮　籍　　（唱）叔夜他龙章凤姿雅量天成，

　　　　　才旷世诗书琴酒聊寄此生。
　　　　志存山野，冷眼观朝堂纷乱，
　　　　性喜淡泊，似林中傲雪青松！
　　叔夜是我的朋友，他有他的志向，我不能强迫他改变他的志向。

向　秀　　山兄，叔夜从未与人相争，如何就能招惹杀身之祸，你是不是太小心了些？

山　涛　　叔夜是我们的朋友，你不愿强迫他改变他的志向，难道你就眼睁睁看着他陷于他人之罗网吗？

阮　籍　　这……

山　涛　　司马氏之心，天下皆知，你当真以为他铲除曹氏亲族之时，会留下叔夜？

阮　籍　　叔夜夫妇不问政事，不会关心这等闲事。

山　涛　　叔夜之名天下皆知，乃当今士人之执牛耳者，只要叔夜一天不与司马氏合作，司马氏就一天不会放下戒心。

阮　籍　　山兄，你这是在逼我。

山　涛　　嗣宗，不是我在逼你，而是司马氏在逼我们！难道你当真想等叔夜血溅三尺之时，才后悔莫及吗？

阮　籍　　啊——
　　　（唱）凄惨惨一声叹，我意恻然，
　　　　　白茫茫一片光，照我心上。
　　　　　竹林间风游荡，沙沙作响，
　　　　　月色明水雾浓，叮咚流淌。
　　　　　黑暗中声声絮语，
　　　　　朦胧中歌声徜徉。
　　　　　一瞬念似霹雳当空，
　　　　　怎忍他，

>刀光再溅广陵散,
>
>血涂满地玉山崩,
>
>天地同殇!

叔夜不能死……叔夜不应该死……我……我答应你!

山　涛　你果真愿答应我?!

阮　籍　纵是我阮嗣宗为天下所唾,也要救下叔夜的性命!

刘　伶　阮兄,怎么连你也疯了?

阮　籍　我没有疯……疯的是这个世道,我只是不想叔夜成为这些疯子的牺牲品。

山　涛　阮兄,山涛这厢有礼了。

阮　籍　巨源,你既是司马氏的姻亲,又何必要维护我与叔夜?

山　涛　你们不是其他人,你们是我的朋友。

阮　籍　"朋友"这两个字太重了。我当不起。

山　涛　同门为朋,同志为友,这世上我便也只有你们这几个朋友。

阮　籍　若是有一天,你不得不在我们和司马氏之间做一个选择……

山　涛　嗣宗……

阮　籍　我希望你能够先保护自己。叔夜他,也一定这么期望着。

刘　伶　何必说这些,今朝有酒今朝醉,来,我们喝酒!

向　秀　对,我们喝酒!

【众人举杯。

【幕内唱:

>"天地往来客,
>
>且行且自珍。
>
>寒冬凛将至,
>
>风雪行路人。"

——灯光暗。

第二场　山游

【苏门山。

红蕊与丫鬟柳儿上。

红　蕊　（唱）春来群花舞芳菲，

　　　　　　　苏门山上怡人醉。

　　　　　　　欲将绿叶裁新衣，

　　　　　　　朵朵桃花耀春晖；

　　　　　　　欲代浮屠降花雨，

　　　　　　　漫山清气染红蕊。

　　　　柳儿，你看这山上的春天多美！

柳　儿　小姐，我听说这苏门山上住着一位苏门先生，名叫孙登，他时常与一位仙人结伴同游，好多人都曾经见过呢。

红　蕊　哪里有什么仙人，必是这些人胡乱编造。

柳　儿　才不是呢，我表哥在山上打柴时也见过，他肯定不会骗我的！小姐，你看，他们不就在那里吗？

【嵇康与孙登上。

嵇　康　嵇康与先生在苏门山上同游已经三年了，今天我即将下山，先生就没有什么想对我说的么？

孙　登　你看到火了吗？

嵇　康　火？

孙　登　火生而有光，如不会用它的光，光就形同虚物，重要的是能善用光，光就能发生作用。人生而有才能，如不会用他的才能，才能反而会召来祸患。

嵇　康　先生的意思是……

孙　登　火用光在于得到薪柴，才能保持持久的光耀；人用才在于正确地认识时事，才可保全天年。你才能很高，却性子太烈，怎么能够免于祸患呢？

嵇　康　人生一世，若是不能率性而活，活着又与死了有何区别？今日离别之日，先生何不坐下来，听我为先生再弹奏一曲？

孙　登　也罢，如此，便听你弹奏一曲。

嵇　康　（唱）流不返也那流何长，

　　　　　　　红颜白发也那催何忙，

　　　　　　　好怀呵对酒也愁相忘，

　　　　　　　题诗呵自叹也成疏狂。

　　　　　　　浩歌抚景悲斜阳，斜阳，

　　　　　　　量宽沧海盛汪洋。

　　　　　　　怡情风月无时常，

　　　　　　　糟堤筑就也那流琼浆。

孙　登　这首曲子是……

嵇　康　一位朋友所作。

孙　登　你说的那位朋友，莫不是阮嗣宗吧？

嵇　康　正是。

孙　登　听说阮嗣宗善啸，嵇叔夜擅琴，可谓是嵇琴阮啸，金声玉应。

嵇　康　人生得一知己，死而无憾。我有知己数人，又有何可怨？

红　蕊　这世上竟有如此风采之人吗？

　　　　（唱）心忐忑似小鹿乱撞，

　　　　　　　脸扑红恰胭脂胡抹。

　　　　　　　陌路人莫笑我跌跌撞撞，

　　　　　　　女儿家没羞没臊，非是轻薄，

　　　　　　　好似那火烧眉毛到眼前，

等不得字斟句酌！

（大胆上前）这位先生……

|嵇　康| 这位姑娘，我这里有两位先生，不知你说的是哪一位？

|红　蕊| （脸红）奴家是山阳城中兵家之女，唤为红蕊，到此山中游览，却不慎迷路，可否请两位先生襄助？

|嵇　康| 苏门先生……

【孙登一言不发地走到一边坐下。

|柳　儿| 原来那位就是苏门先生！那这位先生是……

|嵇　康| 在下嵇康，字叔夜，乃是山阳城中一个闲散之人。

|红　蕊| 先生龙章凤姿，难怪时常被人误会成仙人。若是不劳烦，可否请先生送我们下山？

|嵇　康| 这……

【阮籍与阮琮上。

|阮　籍| 叔夜！

|阮　琮| 嵇先生！

|嵇　康| 嗣宗你来的正好，这两位姑娘迷路了，可否让你家阿琮送他们两位下山？

|红　蕊| 啊？

|阮　籍| 阿琮，还不快去！

|阮　琮| 是！两位姑娘，请吧！

|红　蕊| 等等！

（唱）流水有心花无意，

　　　丝丝袅袅总关情。

　　　苏门山中觅仙踪，

　　　倾盖如故缘却轻。

　　　赠君别离无垂柳，

>一片冰心照月明。
>
>愿君常念今日景,
>
>不负相逢在曾经。
>
>嵇先生,这是阿娘传给红蕊的香囊,还请你收下!

嵇　康　如此贵重的礼物,嵇康不能……

【红蕊放下香囊即与柳儿、阮琮下。

嵇　康　姑娘!

孙　登　倒是一位敢爱敢恨的女子!

阮　籍　只怕是又多了一位痴儿!

嵇　康　阮兄今日前来,可带来了琴与酒?

阮　籍　今日既无琴亦无酒,我来找你,是要与你说一件俗事。

嵇　康　既是俗事,便免开尊口。

阮　籍　虽为俗事,却对你至关重要。

孙　登　阮嗣宗,我苏门山中不谈俗事,你还是请回吧!

阮　籍　听说苏门先生上通天文,下通地理,博闻古今,阮籍早就想向先生请教了。

孙　登　是你想向我请教,还是司马氏让你向我请教?

嵇　康　嗣宗他出任从事中郎,乃是逼不得已,先生还是不要为难他吧。

孙　登　罢了,你问吧。

阮　籍　敢问苏门先生,这世间何为俗事?何为不俗之事?天之道可为俗事?

孙　登　俗。

阮　籍　既如此,人之道可为俗事?

孙　登　俗。

阮　籍　王之道可为俗事?

孙　登	俗。
阮　籍	照先生如此说来，这世间岂不是没有不俗之事了？
孙　登	正是如此。
阮　籍	那先生是要天下人都一言不发吗？
孙　登	一言不发，各安天命。
阮　籍	荒唐！物不平尚且鸣之，更何况人？
孙　登	天命如此，纵然鸣之，又有何益？
阮　籍	又有何益？！

（唱）可笑那天命猖狂，

　　　多情客孤老天涯叹；

　　　可笑那天地不仁，

　　　哀苍生不平悲鸣难。

　　　纵有天道轮回，

　　　谁能浑身是胆，

　　　一人力，逆转天机。

　　　生死抛，不念去来！

嵇　康	嗣宗，你今天到底是来看我的，还是来看先生的？
阮　籍	自然是来看你的。
嵇　康	既然是来看我，怎么拉着先生老说个不停？
阮　籍	这……
嵇　康	我为先生鼓琴，奏的正是你的新曲。
阮　籍	叔夜说的，可是那曲《酒狂》？
嵇　康	正是。此曲高妙，卓然不群，必能流芳百世。
阮　籍	不过是醉中之言罢了。
嵇　康	醉中之言，方能畅意。
阮　籍	叔夜，若是这世间果有可逃离世俗之处，你想要做什么？

嵇　康		一杯酒，一张琴，一位知己，一顿馔食。如此而已。
阮　籍		一杯酒，一张琴，一位知己，一顿馔食，如此而已？那岂不是与竹林之游无异？
嵇　康		正是与竹林之游无异！
阮　籍		（唱）琴声振拨动心魂，
嵇　康		（唱）逢知己千杯共盏。
阮　籍		（唱）远听得釜刀阵阵、霍霍来袭，
嵇　康		（唱）谁人与日月共舞、天地同传。
阮　籍		（唱）欲全你此生之志，
		朗风霁月、自在天然，
		又怕那暗箭鸣镝，
		将卿卿性命毁于一旦！
嵇　康		（唱）平生愿，
		山河好景、信马由缰，
		谁人能将凤凰锁，
		天为盖也地为笼、四海为栏！
阮　籍		在这苏门山中，采药而食，依山而居，倒也是一片乐土。
嵇　康		山下事纷纷扰扰，都躲不过一个"欲"字。高官者放不下"权欲"，盛名者被"名欲"所累，皆是如此。
阮　籍		纵然无欲，亦有所求。
嵇　康		所求者何？
阮　籍		所求者，不过苟安于世间，以存天年。
嵇　康		（笑）有始者必有其终，既有善始，何必忧虑其终？
阮　籍		金玉其质，怎可不爱惜自身？

【孙登起身。

孙　登		灶上之鱼恐将烧糊，我先去看看。

嵇　康	先生醉了吧？先生与我一同前来，并未见先生灶上有鱼。
孙　登	鱼还在网里。
嵇　康	网呢？
孙　登	网还在河里。
嵇　康	（笑）那先生岂不是连鱼还没有捕到，哪里有烧糊一说？
孙　登	虽然鱼还在河里，但是鱼将入网，在我心中，他已经在锅里了！
嵇　康	（唱）苏门子此一言我闻而心惊，
阮　籍	（唱）一句话是醉是醒道破天机。
嵇　康	（唱）天昏昏罗网已张，
阮　籍	（唱）地沉沉脚步踉跄，
嵇　康	（唱）各为私念，欲将这乾坤倒转，一步登天，
阮　籍	（唱）宇内哀号，谁见得血流满地，风雨催人。
嵇　康	（唱）抬头难，低头易，凤凰哀号，看遍神州无处栖，
阮　籍	（唱）醉是苦，醒是苦，醉醒之间，茫茫万里孤无依。
嵇　康	你今天是为司马氏来做说客的？
阮　籍	我并非是为司马氏做说客，而是为了你来做说客的。
嵇　康	人说嵇琴阮啸，金声玉应，我以为，你是我的知己。
阮　籍	叔夜，你知道我从来都没有求过你，只有这一件事情，我求你能答应我。
嵇　康	你有你的志向，我有我的志向，你不该强迫我改变我的志向。
阮　籍	若是那志向将陷你于死地，我……
嵇　康	你要怎样？
阮　籍	便是被你记恨终身，也要拉你出了罗网！
嵇　康	何苦如此强求！
阮　籍	叔夜，我想让你活下去，无论如何都想让你活下去！

嵇　康	你的那首《酒狂》，我为你续了两段曲词，不知你是否喜欢。	
阮　籍	现在不是说曲词的时候。	
嵇　康	你听我唱给你听。	

　　（白）白酒呵、初熟山中归，

　　　　　黄鸡呵、啄黍秋正肥。

　　　　　高歌取醉欲自慰，

　　　　　起舞落日争光辉。

　　　　　吁嗟呼、兔走也、阳乌飞。

　　　　　林泉呵、乐隐也、人知机。

　　　　　瑶琴一曲也摩金徽，金徽。

孙　登	田园之乐，其乐也陶陶！
阮　籍	田园虽乐，只能一时！
嵇　康	你再听！

　　（白）葡萄美酒斗十钱，

　　　　　咸阳游侠多少年。

　　　　　相逢意气为君饮，

　　　　　系马高楼杨柳边。

　　　　　醺醺呵、谩醉也、搜诗篇，

　　　　　如流呵、染翰也、翻银笺。

　　　　　古今狂客也名千古，

　　　　　何人醉酒那长安眠，长安眠。

孙　登	奈何佳客，不能同醉！
阮　籍	美酒虽好，身不由己！
嵇　康	嗣宗，你不能便由得我生生死死，安守天命吗？
阮　籍	我……我不能！
嵇　康	嗣宗，你可知司马氏杀我清流名士，致使海内名士十不存一？

阮 籍	知道。
嵇 康	你可知司马氏杀我曹氏苗裔,密谋篡权?
阮 籍	知道。
嵇 康	你的父亲阮瑀乃是建安七子之一,你父亲早丧之后,是魏君曹丕时常接济你母子,抚育你成人,你可还记得?
阮 籍	记得。
嵇 康	既然记得,为何如此?!

(唱)染血手高坐明堂,
　　　窃国贼搅弄朝纲。
　　　怎忍将是非曲折全抛掉,
　　　人心人性都相忘,
　　　为的那"生"之一字,
　　　生有何益! |
| 阮 籍 | (唱)声声责痛在我肠,
　　　声声问促我心焦。
　　　昔日恩情,今日知己,
　　　今日共盏,他日魂来!
　　　我乃是天地之间一俗物,
　　　纵有紫袍亦难履,
　　　岂忍同袍换血袍,
　　　坐视凤凰火中烧!

叔夜,你听我说!哪怕你什么也不做,哪怕只是一个名分,只要你能接受…… |
| 嵇 康 | 哪怕什么也不做,哪怕只是一个名分,我嵇康也绝不与司马氏合作!(向孙登)苏门先生,嵇康告辞! |

【嵇康欲下。

阮　籍　　等等!
嵇　康　　还有何事?
阮　籍　　你果真不能吗?
嵇　康　　果真不能。
阮　籍　　当真不能?
嵇　康　　当真不能。
阮　籍　　罢了……你下山去吧。
嵇　康　　嵇康告辞!

【嵇康下。

【阮籍摇摇欲坠。

阮　籍　　(向孙登)苏门先生,今日多有打扰,阮籍告辞!
孙　登　　何所闻而来?何所闻而去?
阮　籍　　(一愣)闻所闻而来,闻所闻而去。
孙　登　　阮籍是阮籍,嵇康就是嵇康。不论是一次、两次,还是三次……终究还是会做出同样的选择。
阮　籍　　苏门先生,求您救救叔夜!

【孙登摇头,下。阮籍颓然地坐到地上。阮琮上。

阮　籍　　我不信这天命!我不信这天命!
阮　琮　　不好了,不好了,陛下他……他被司马公的手下成济杀了!

【阮籍急奔下。

【幕内唱:

"天生凤凰才,

失路无处归。

苏门山中啸,

云深隐柴扉。"

　　　　　　　　　　　　　　　　　　——灯光暗。

第三场　长别

【阮府——暗转囚室。

【阮籍上。

【阮琮急匆匆上。

阮　琮　（唱）钟会府中催逼紧，

　　　　　　老爷房中睡得香。

　　　　　　郑何二人堂前坐，

　　　　　　恰似门神代二王。

　　　这钟会气势汹汹，怕是老爷此番推脱不得！司马公非要让老爷写这劝进表，这……这怕是要落下千古骂名的呀！老爷，老爷！

【阮琮下，阮籍上。

阮　籍　（唱）头昏昏天旋地转，

　　　　　　乱哄哄耳目不灵，

　　　　　　一瞬间身在竹林，

　　　　　　一霎时不见人影，

　　　　　　似千里穿梭步下升烟，

　　　　　　云里雾里轮番经行，

　　　　　　辨不得南北东西，

　　　　　　依稀间，耳边闻万念叮咛！

内　场　（嵇康）我生性散漫，不通事理，又不求仕进，实在无法答应山兄你的邀请，还是请你放弃让我出仕的这个想法吧！

　　　　（司马昭）好个嵇康，竟然讽刺我不知廉耻，以下乱上，滥杀无辜！

(钟会)司马大人,这个嵇康不光口出不逊,之前还参与了反对大人的叛乱!

(司马昭)果真有这事?

(钟会)嵇康是卧龙,大人若不早日除掉他,必有后患!

(嵇康)仲悌,你放心,这件事情我一定替你作证,并非是你不孝,而是你哥哥强占了你的妻子!

(钟会)大胆嵇康,你与那吕安分明就是对朝廷不满,心怀鬼胎,其罪当诛!

阮 籍　（唱）天昏昏罗网已张,

　　　　　　　地沉沉沧桑几轮。

　　　　　　　万道光雷霆霹雳,

　　　　　　　日继夜苦苦追寻。

　　　　　　　谁人能将金锁断、风云变、乾坤转,

　　　　　　　寒凉之血冷再温!

　　　　　叔夜!叔夜!你在哪儿?

　　　　　【嵇康着囚服上。

嵇 康　嗣宗,我在这里。

阮 籍　你在哪儿?我怎么看不见你?

嵇 康　我在一间囚室里。

阮 籍　囚室?

嵇 康　是的,囚室。

阮 籍　你犯了什么错?

嵇 康　"不孝"。

阮 籍　不孝?我不明白。

嵇 康　他们说仲悌不孝,我为他辩护,所以与他同罪。

阮 籍　就因为这个?

嵇　康	（苦笑）难道还不够吗？
阮　籍	他们不能因为这个理由就杀了你。
嵇　康	他们可以因为任何一个理由杀了任何一个人。
阮　籍	我去找山兄！他一定会有办法的！
嵇　康	不，不要去。即使你驳回了这一个理由，他们还会找到第二个，第三个……
阮　籍	我不管！
嵇　康	嗣宗！你这样会给山兄召来大祸的！
阮　籍	你总是这个样子！为什么你总是这个样子！

（唱）恨你将一世伤痛自己扛，

　　　恨你将一腔心事独自识，

　　　学不会，

　　　迎来送往、曲意逢迎、

　　　假哭假笑假情假意；

　　　放不下，

　　　斗酒疏狂、肝胆相照、

　　　真言真性真仁真义！

嵇　康　（唱）彭祖八百寿有终，

　　　　太公七十古来稀。

　　　　生也有涯，

　　　　何必问荣禄寿考，

　　　　庸人百年常孤寂；

　　　　运有起伏，

　　　　是非善恶终有报，

　　　　天地澄清有定期！

阮　籍　可是你等不了那么久！不行，我得把你救出去！

嵇　康　谈何容易!

阮　籍　有办法的,一定有办法的!只要你答应司马公再不诋毁朝政并出任他的官职,他一定会放过你的!

嵇　康　你要我向杀人凶手低头,从此做一个畏畏缩缩、战战兢兢、甚至连自己的悲喜生死也不能掌握的小小属官?

阮　籍　叔夜,就算是不为自己,你想想妻子和孩子!

嵇　康　有山兄在,他们不会孤单的。

阮　籍　所以,你就心甘情愿地去死?

嵇　康　有始者必有其终。有生者必有其死。

阮　籍　你的才华呢?你的抱负呢?你不是要好好活着,和那彭祖比一比谁能活得更长吗?

嵇　康　嗣宗!

阮　籍　要是记得,你就好好活下去!

嵇　康　(唱)岂不知人间春风暖芳菲,

　　　　　岂不恋竹林月照留人醉。

　　　　　诗书琴画一壶饮,

　　　　　悲欢离合酒一杯。

　　　　　苏门山中学采薇,

　　　　　借问王孙归不归?

　　　　　王孙去后三马驰,

　　　　　铁蹄踏遍铜雀碑。

　　　　　星辰陨落坠苍穹,

　　　　　少帝血染魏官闱。

　　　　　前仆后继犹不悔,

　　　　　安得终老酌金罍!

　　　　嗣宗,谢谢你能来看我。但这是我的志向,我的选择,我不会后悔。

阮　籍　我给你带来了琴和酒。（倒酒）

嵇　康　还是你最了解我。

阮　籍　我了解你，却无论如何也改变不了你。

嵇　康　（抚琴）嵇琴阮啸，金声玉应。

阮　籍　嵇琴阮啸，金声玉应！

嵇　康　我知道你一定会来。

阮　籍　难道因为你是曹家的女婿，就一定要为曹魏殉葬吗？

嵇　康　我不是要为任何人殉葬。

阮　籍　叔夜，活下去，无论如何，都要活下去。

嵇　康　嗣宗，你还记得我们为什么要一起聚在竹林里吗？我们不仅仅是为了喝酒、弹琴、唱歌、长啸，还是为了——

阮　籍　为了在这黑暗之世寻找一个清醒者可以生存的夹缝，为了可以自由自在地呼吸、谈笑，为了不遵从任何人的意愿，随心所欲地活着。

嵇　康　可是那个夹缝，如今的我，再也找不到了。（起身）我这一生最后悔的事情，就是没有能堂堂正正地，去搏杀一场。

【铁门紧闭，嵇康的背影从容地走向刑场。

阮　籍　叔夜！

嵇　康　我死后，你不必为我流泪。（拨弄琴）可惜这曲《广陵散》，今天就要失传了。（琴弦崩断的声音）

阮　籍　叔夜！

　　　　（唱）再不能月下共眠同交游，

　　　　　　　再不能夜半林中和新章，

　　　　　　　再不能谈笑风云变秋色，

　　　　　　　再不能嵇琴阮啸流水长。

伯牙子期高山会，

弦断一人谁能当？

朝来佳朋高满座，

暮来独守竹林乡。

棋盘犹在星罗布，

玉山倾倒再难扶！

欲全此身逢乱世，

长庚明灭忽断肠。

谁曾摘，空谷幽兰配君子，

谁曾借，素手挥弦送凤凰？

凤凰悲吟不复返，

吟啸行歌久低昂。

三春褪尽无颜色，

寒冬凛冽冻银河。

暗夜茫茫逐前路，

碧血殷殷浸八荒。

南北东西皆不见，

去来江海入汪洋。

汪洋不纳失路人，

欲上天宫隔擎苍。

斜阳下，

泪沾裳，

麒麟岂为乱世藏，

世无明主大道丧。

竹林乡，

遥相望，

来时明月照我怀，

去时黯淡无星光。

谁曾见，

歧途陋巷放声哭，

谁曾见，

家国万里余悲凉？

云雾间依稀旧影，

恰似那一钩竹林月照！

竹林远去人影钝，

汉宫奏乐晋人赏。

座中衣冠无君子，

治下四海无强梁。

去矣、去矣，

茫茫、茫茫。

去矣、去矣，

凄惶、凄惶。

时无英雄，

使竖子猖狂！

何为天命！何为天命？叔夜一定要死是天命吗？司马氏那样的人注定要登上帝位是天命吗？天，你告诉我，究竟何为天命？！

【阮籍凄惶地站在舞台中央，不知所措。阮琮面色哀戚上。

阮　籍　叔夜，我答应你，我不会为你而哭，不会为你而哭……阿琮，你怎么了？

阮　琮　老爷，你还记得我们在苏门山上遇到的那个姑娘吗？

阮　籍　记得啊，怎么了？

阮 琮	她去世了。
阮 籍	去世了？！
阮 琮	前不久，她听说嵇先生去世了，就从此一病不起，没有多久，便也去世了。
阮 籍	那个姑娘，她去世了？
阮 琮	好好一个姑娘，还没有嫁人，就这样没了。
阮 籍	她家在哪儿？
阮 琮	老爷问这个做什么？你又不认识她的父兄。
阮 籍	我要去吊丧。
阮 琮	吊丧？
阮 籍	吊丧！

【幕内唱：

　　凤凰栖梧枝，

　　梧枝不可及。

　　狂风折花蕊，

　　叶落满囚衣。

　　　　　　　　　　　——灯光暗。

第四场　代笔

【阮府。

【钟会与郑冲、何曾上。

钟 会	（白）晋公代魏箭在弦，
	禅让还需费文章。
	领命前来折松柏，

从此四海无强梁!

郑大人，何大人，司马公今日令我三人前来请阮籍修书，那阮籍真是好大排场!

郑　冲　阮籍当世翘楚，学林领袖，连司马公都曾动过与他联姻的念头，排场自然是大得很。

何　曾　不过是不遵礼教的一个狂放酒徒罢了!

郑　冲　这阮籍一而再、再而三地借故推辞，真不知道司马大人为何非要他来写这篇文章!

何　曾　郑兄差矣，正是因为他阮籍一而再、再而三地借故推辞，司马大人才会觉得非他不可呀。

钟　会　那阮籍可在里面?

郑　冲　正在里面，只是……又是大醉。

钟　会　二位大人不妨先找一处歇息歇息，由我来会一会那阮籍!

【郑冲、何曾下。阮籍大醉持酒壶上。阮琮跟随。

阮　籍　（唱）一路来快马加鞭，
　　　　　　　山阳城故人入梦。
　　　　　　　阶前枯草吹又生，
　　　　　　　金声玉应再相逢。
　　　　　　　把酒放歌重开宴，
　　　　　　　竹林月下话一盅。
　　　　　　　忽觉鬓发霜满头，
　　　　　　　不复少年英雄!

啊呀，阿琮，我的头发怎么忽地白了?

钟　会　只怕那位故人，你是再也见不到了!

阮　籍　我们行至何处了?离山阳城还有多远?

阮　琮　老爷，山阳城离这里可是远得很，您还是快醒醒，司马大人的使者已经在门外等候您多时了！

钟　会　　这酒鬼，可真是醉得不轻呢！

（唱）肯将是非搬弄，

　　　　为报一箭之仇。

　　　　门前投书呼不应，

　　　　门后添恨淬吴钩。

　　　　人道阮籍人中龙，

　　　　我道阮籍笼中狗。

　　　　屠狗每须屠狗人，

　　　　杀龙还取斩龙刀！

已杀嵇康，岂可放过阮籍！

阮　籍　　你说这里不是山阳？

阮　琮　　不是！

阮　籍　　胡说！我刚刚还看见叔夜在这里弹琴，刘伶在这里喝酒，你分明是在骗我！

阮　琮　　老爷！

阮　籍　　（唱）吐酒仙人声款款，

　　　　刘伶载酒将欲行。

　　　　将欲行，此心遗，

　　　　不为那富贵功名。

　　　　阮籍也浩歌狂，

　　　　举世皆醉，

　　　　我岂独醒，

　　　　三杯一斗，

　　　　安乐康宁！

钟　会　　你倒是落得逍遥自在！

| 阮 琮 | 钟大人，您怎么过来了？
| 钟 会 | 约定之期已到，我来看看你这位酒鬼老爷醒了没有，到底能不能完成司马大人的嘱托！
| 阮 琮 | 钟大人，离约定尚有一点儿时间，求您宽限片刻！
| 钟 会 | 来人，拿纸笔来！

【差人拿来纸笔。

| 钟 会 | 请阮大人上座！
| 阮 琮 | 钟大人！

【差人将阮籍生拉到座位上。

| 钟 会 | 阮大人，这劝进书可就靠你了，司马大人可还等着看呢！
| 阮 琮 | 钟大人，我家老爷还没有酒醒，你让他怎么写得出来！
| 钟 会 | 让你家大人喝醉的人，可不是我！
| 阮 琮 | 这……
| 阮 籍 | 壶呢？我的酒壶怎么不见了？
| 阮 琮 | 老爷，这刀已经架到脖子上了，你还找什么壶啊！
| 阮 籍 | 醉与不醉，又有何区别？
| 钟 会 | 说得不错，不管你今日是醉还是不醉，这劝进书都必须交给我！

（唱）司马一令大于天，
　　　管你是疯是癫。

| 阮 籍 | （唱）数十载谨言慎行，
　　　逃不过锥心万箭。

| 钟 会 | （唱）刺心易，诛心难，
　　　偏要将滚烫红心挖出看！

| 阮 籍 | （唱）变心易，守心难，
　　　不醉而醉只为时事艰难！

钟　会　　阮嗣宗!

阮　瑢　　老爷!

钟　会　　听闻你常常驾车外出,每到无路之处,就放声痛哭,你到底是在哭什么?何不说与我听听?

阮　籍　　(唱)醉以忘忧,

　　　　　　　忧常在侧;

　　　　　　　阻道狭长,

　　　　　　　小子同车。

　　　　　　　我欲南行,

　　　　　　　车驾北辙。

　　　　　　　国士折腰,

　　　　　　　悲我山河!

　　　　　这头,好痛!好痛!

阮　瑢　　我……我给你拿杯醒酒汤去!

钟　会　　阮嗣宗,你一向才华横溢,怎么今日却连一个字也写不出?到底是写不出,还是不能写?

阮　籍　　(唱)生生世世不眠夜,

　　　　　　　世世生生醉又醒。

　　　　　　　醒而复醉醉又醉,

　　　　　　　何年何月不相仍?

　　　　　　　醉眼惺忪心欲迷,

　　　　　　　月失星津无归处。

　　　　　　　看遍那花红柳绿,好景虚设是人间。

　　　　　　　丢不下滚烫心肠,何人起舞笑癫疯!

钟　会　　如此磨磨蹭蹭,看来需得我来帮你才是!(强压阮籍拿笔)《为郑冲劝晋王笺》,这个题目不错吧?

阮　籍　（唱）一支笔重比千钧，
　　　　　　　一封书把江山称量。
　　　　　　　这天地你来我往，
　　　　　　　你方唱罢我来登场。
　　　　　　　欲登天，得成九五，
　　　　　　　偏欲将帽儿戴，野心藏，
　　　　　　　小人偏做君子样，
　　　　　　　扮的个龙凤呈祥！
　　　　【阮籍丢开笔。
钟　会　好你个阮籍，竟敢把笔丢开！我倒要看看，这劝进书，你今日是写还是不写！
　　　　【叔夜抱琴上。
嵇　康　（琴歌）世事奔忙，谁弱谁强，
　　　　　　　行我疏狂狂醉狂。
　　　　　　　百年呵三万六千场。
　　　　　　　浩歌呵天地何鸿荒。
　　　　　　　旦复旦兮夜复夜，
　　　　　　　醒时复醉醉无央。
阮　籍　叔夜，你来了。
嵇　康　我一直都在这里。
阮　籍　我做不到……让我送那些杀了你的凶手们登上高位，我做不到！
嵇　康　你必须要做到——因为你要活下去。
阮　籍　活下去？
嵇　康　是的，活下去。
阮　籍　我退而再退，可他们却进而又进。我已经找不到任何坚持的

		理由了。
嵇	康	我们终将迎来终结,可是你的终结却并不应该在这里。
阮	籍	叔夜,你不能便由得我生生死死,安守天命吗?
嵇	康	我……我不能!
阮	籍	为什么?难道只是为了要让我毫无廉耻地活下去?还是说,让我活下去,这就是所谓的天命?!

  (唱)天,天,天,

    天也无计救世人,

    枉费那无边神力,能将朽骨生白肉;

    地,地,地,

    地也无计救世人,

    引来征伐血成河,竟向东西入海流!

嵇	康	你还记得那天你在山中劝我,我是怎么说的吗?
阮	籍	你有你的志向,我有我的志向,你不该强迫我改变我的志向。
嵇	康	若是那志向将陷你于死地,我……
阮	籍	你要怎样?
嵇	康	便是被你记恨终身,也要拉你出了罗网!
阮	籍	啊!
嵇	康	这封信无论你写与不写,都无法改变已成事实的定局。比起这些无关紧要的事情,我更希望的是你能活着。
阮	籍	叔夜……连一个只见过你一面的陌生人都能够为你而死,为什么我不能?为什么我不能?!
嵇	康	活下去,也许有一天,我们能够实现我们想要的自由。
阮	籍	叔夜!

  【嵇康下。何曾、郑冲等人上。

内	场	(差人)时辰已到!

差　人	时辰已到！
何　曾	时辰已到！
阮　籍	给我一支笔。
阮　琮	老爷？！

【阮籍书劝进书。

钟　会	（拿过书信，念）"冲等死罪。伏见嘉命显至，窃闻明公固让，冲等眷眷，实有愚心，以为圣王作制，百代同风，褒德赏功，有自来矣……"这……
郑　冲	好文章啊！这阮籍真是神笔！
何　曾	钟大人，郑大人，我们还不赶快去找司马大人复命！
钟　会	（怨恨地看了阮籍一眼）哼！

【钟会三人等下。

阮　琮	老爷，得救了！
阮　籍	得救了？
阮　琮	当然了！小的刚刚还在担心，老爷是不是不肯写这封信劝说司马公篡位……不不不，是晋位！
阮　籍	你觉得我做错了？
阮　琮	不不不，阿琮觉得只要活着，就比什么都好！
阮　籍	（苦笑）只要活着，就比什么都好吗？（往外走）阿琮，我的马车呢？
阮　琮	您的车就在门外。
阮　籍	好得很。
阮　琮	老爷，您这是要去哪里？
阮　籍	我要去吊丧。
阮　琮	吊丧？
阮　籍	我要去为这天地，为这悲哀的世间以及那无数曾被困于囚笼

之中的自由灵魂，吊丧！

阮　琮　　老爷！

【阮籍驾车，朝无尽的黑暗而去。

阮　籍　　（白）世事奔忙，谁弱谁强，

　　　　　　　行我疏狂狂醉狂。

　　　　　　　百年呵三万六千场。

　　　　　　　浩歌呵天地何鸿荒。

　　　　　　　旦复旦兮夜复夜，

　　　　　　　醒时复醉醉无央。

　　　　　　　阮籍也浩歌狂，

　　　　　　　举世皆醉，

　　　　　　　我岂独醒，

　　　　　　　三杯两盏，

　　　　　　　悠悠过往，

　　　　　　　古今狂客也名千古，

　　　　　　　竹林月下谁同葬！

——灯光暗

【剧终】

【大型昆曲剧本】

豫子刺襄

人 物

豫　　让　智伯门客，净

丽　　娘　豫让之妻，闺门旦

晋　　生　豫让之子，娃娃生

赵襄子　赵氏宗主，智伯仇敌，大官生

张孟谈　赵襄子臣子，丑

老艄公　撑船老人，付末

众兵士

场 次

楔子

第一折　别宴

第二折　船渡

第三折　吞炭

第四折　刺衣

楔子

【春秋年间，晋国郊外。

【一声遥远的马嘶。众兵士团团围住豫让。

张孟谈　你是何人，胆敢密谋我家主公！

豫　让　事既不成，多言何益！

张孟谈　左右，与我将他拿下！

豫　让　天意如此，殆非人力！

张孟谈　嚣张至极！到底何人指使？

豫　让　要杀便杀，岂吝一死！

张孟谈　左右，将他绑了，去见主公！

众兵士　谨遵大人之命！

【众兵士押豫让下。

第一折　别宴

【春秋年间，晋国。

【豫府庭院。

【满园桃花盛开。

豫　让　苦啊——

【豫让上。

豫　让　吾乃豫让，本为智伯门客，智伯死后，不曾再事他人。吾欲再次为主报仇，告别妻子，却恐妻子阻拦。然豫让心意已决，妻啊，明日此时，豫让与你山高水长，再不能相见矣！

【丽娘上。

丽　娘　（唱）【北中吕粉蝶儿】

　　　　　玉质纤纤，

　　　　　相伴依、此生牵念，

　　　　　看花开、岁岁年年。

　　　　　何处得，鸳鸯锁，永结为眷。

　　　　　纵荷金冠，

　　　　　又何如、半生痴恋。

　　　　豫郎近日，心神颇为不宁，前番他为主报仇，已是险留性命，不知此番又欲何为？待我紧随其后，探看一番！

豫　让　丽娘已到，我当擦去泪痕，切莫让她看出端倪！（向旦）娘子来了。

丽　娘　豫郎在此，妾岂可不来？

豫　让　今日乃丽娘生辰，请娘子上座。

丽　娘　豫郎，你我夫妻十余载，何需如此客套？

豫　让　不可不可，今日乃娘子生辰，岂可寻常度过？

丽　娘　郎君同坐！

豫　让　并行！

丽　娘　看他心中悒悒，不免寻个因由，宽慰几句！

　　　　（唱）【南泣颜回】

　　　　　惊蛰始华，

　　　　　竟东风误锁闲庭院。

　　　　　好春光、悄易人间，

　　　　　仓庚唤、晓啼声啭。

　　　　　春色如许，郎君何不赏之？

豫　让　春色如许，奈何心中寒冬凛冽。

丽　娘	郎君郁郁，可是因这春来的不妙？
豫　让	非也！
丽　娘	那是这园子栽的不好？
豫　让	非也！
丽　娘	既是如此，必是妾身生的不美了！
豫　让	丽娘乃绝色佳人，岂会不美？
丽　娘	既是如此，郎君何故愁眉不展？
豫　让	豫让此生一无所成，连累娘子与我为伴。
丽　娘	莫要这等说话，妾嫁郎君，非为金银，而是初见之时，便觉郎君与他人不同。
豫　让	如何不同？
丽　娘	如此乱世，人人皆为自保，人人皆为私欲，只有郎君非是如此。
豫　让	哦，那我是怎样形容？
丽　娘	你是个铁头蜈蚣，一生向真，不肯言悔！
豫　让	倒被你取笑了！
丽　娘	莫怕莫怕，你是个铁头蜈蚣，我是个蜈蚣婆娘，横竖凑成一对！
豫　让	丽娘知我！与我满饮此杯！
丽　娘	郎君请！

（唱）【北石榴花】

　　似这般天清云淡尽杯欢，

　　　齿留香入口回甘。

　　忘烦忧静坐如山，

　　　看江河万里奔腾下秦川。

豫郎啊豫郎，妾只愿君一切安好，不问其他！（向净）郎君可

		还记得与妾初逢之时？
豫	让	怎不记得？那时丽娘一曲楚舞，惊艳吾心。
丽	娘	妾愿为君再舞一曲！
幕	后	（伴唱）今夕何夕兮，搴舟中流，
		今日何日兮，得与王子同舟。
		蒙羞被好兮，不訾诟耻，
		心几烦而不绝兮，得知王子。
		山有木兮木有枝，
		心悦君兮君不知。
丽	娘	（唱）【南泣颜回】
		蝶飞舞翩，
		似初逢醉绾情丝万。
豫	让	（唱）染霜尘、宝剑冰封，
		回神处、鼓停声慢。
丽	娘	妾为楚女，幸得郎君收留。
豫	让	三生情分，便是因这一曲楚舞。
丽	娘	郎君笑我。
豫	让	你我夫妻，本为一体。你向来体弱，禁不得风，这林中风大，你当着紧些。
丽	娘	豫郎……
豫	让	孩儿无知，正是顽劣之时，你切不可气闷伤身，而当循循善诱，因势利导。
丽	娘	豫郎……
豫	让	他日若我不在你身边，你……
丽	娘	我当如何？
豫	让	你……你便忘了我吧！

丽　娘　　豫郎！

（唱）【北斗鹌鹑】

欲诉还休，

欲言又掩。

怕负深情，

青丝泪染。

梦里偷欢，

两厢话短。

谁堪把，魂魄剪。

七魄相随，三魂不返。

豫郎的话，丽娘不懂。

豫　让　　豫让失言，当自罚一杯。

丽　娘　　这莲池宅院，层层叠叠，皆是郎君心血；这桃园之中，枝枝缕缕，皆是二人共建；园成之时，郎君曾言生生死死，不相离弃，不知今日此言，可还作数？

豫　让　　丽娘！

丽　娘　　豫郎，丽娘父母已逝，只有你与孩儿，是我此生亲人。舍此之外，丽娘别无归宿！

豫　让　　丽娘！

丽　娘　　君有一言，何不说与丽娘听？

豫　让　　……并无他言！

丽　娘　　豫郎，妾是你妻，你是我夫，有何不可告我？

豫　让　　丽娘，你莫要逼我！

丽　娘　　豫郎，妾爱你、惜你、怜你，你……可懂得？

豫　让　　丽娘，今日乃你生辰，有事明日再说可好？

丽　娘　　妾现在就要听。

豫　让	说与不说，又能如何？	
丽　娘	说与不说，甚是不同。	
豫　让	你果真要听？	
丽　娘	……非听不可！	
豫　让	（唱）【南扑灯蛾】	

　　　　气恹恹轻云软四肢，

　　　　意沉沉悲欢卧心胆。

　　　　相依依并行一双人，

　　　　恨绵绵情消流云散。

　　　　月冷霜残草木荏苒，

　　　　逆水寒萧萧风岚。

　　　　待从头相思尽碾。

　　　　饮还狂，

　　　　且长歌踏遍栏杆！

丽　娘	豫郎，你可是要舍我而去？
豫　让	……丽娘，你莫要多想！
丽　娘	郎君既是舍不得丽娘，为何不肯为我留下？
豫　让	我……
丽　娘	你？
豫　让	我……我不能！
丽　娘	不能什么？
豫　让	丽娘……你既是已知我心意，又何苦如此！
丽　娘	妾要听你亲口对我说！
豫　让	吾……吾要刺杀襄子，为智伯报仇！
丽　娘	你果真要去？
豫　让	当真要去。

丽　娘	不可不去?
豫　让	不得不去。
丽　娘	可还回来?
豫　让	恐难回来。
丽　娘	你上次刺杀襄子失手被擒,他早已认得了你,你此次前去,又怎会有收获?
豫　让	吾自然有办法。
丽　娘	有何办法?
豫　让	不可说与你听。
丽　娘	不可说与我听?
豫　让	……正是!
丽　娘	你……罢了!
豫　让	你……不拦我?
丽　娘	拦你,可还有用?
豫　让	……无用!
丽　娘	自你亲口说出之时,我便知再难劝你。
豫　让	丽娘,此生我欠你良多,来生我……
丽　娘	(打断)不论君归与不归,妾今生都会守候在此……你——你——你,你去吧!
豫　让	(唱)【北上小楼】

　　脚沉步珊,

　　痴缘难断,

　　怕负深情,

　　怕负深情,

　　又恐难堪。

　　历数番,

　　　　　心似煎，

　　　　　魂惊身颤，

　　　　　忍偏安看乾坤乱！

　　　丽娘，你与孩儿且自保重，吾去也！

丽　娘　豫郎——

豫　让　此生无缘，来生再会！

丽　娘　豫郎——

豫　让　泉下相逢之时，豫让定当向你谢罪！

丽　娘　豫郎——

　　　（唱）【南扑灯蛾】

　　　　　落繁花数朵，

　　　　　斯人岂为憾。

　　　　　葬花觉风寒，

　　　　　雀鸟忍将春唤。

　　　　　梦里流年万千缱绻，

　　　　　逐水流、形只身单。

　　　　　蓦回头、檀郎路远。

　　　　　忍相别，

　　　　　往幽深处挂孤幡！

豫　让　（唱）【南尾声】

　　　　　前途漫漫峥嵘道，

　　　　　碧血殷殷犹未干，

　　　　　问苍天浩浩长河谁把痴念转。

【豫让下。

第二折　船渡

【汾水畔。

【老艄公上。旁插一牌,上写"渡河两文"。

老艄公　（念）日日河畔待客影,
　　　　　　　闲来无事把船撑。
　　　　老汉乃汾水河畔一船夫,平生别无所长,唯有渡河一事是我强项。船渡有缘人,不知今日又是何人共渡?

【豫让上。

豫　让　船家!船家!

老艄公　急切唤我,所为何事?

豫　让　劳烦船家送我渡河!

　　　　（唱）【南吕一枝花】

　　　　　　忽来风雨急,

　　　　　　天地摇将坠。

　　　　　　专诸奔子胥,

　　　　　　燕雀亦同悲。

　　　　　　鬓发连衰,

　　　　　　谁见英雄泪,

　　　　　　霜林浸叶飞。

　　　　　　快马驰、为报君恩,

　　　　　　汾水岸、去不复归!

老艄公　你且进船,待我再载一人,一起渡河!

豫　让　有劳船家!

【晋生上。

晋　生	过了这汾水，便是襄子领地。闻说爹爹此行，便是要前往那里。待我前去，追他一追！
豫　让	可怜这汾水之侧，只见过客，不见归人！

(唱)【梁州】

　　江海荡、滔滔碧水，

　　顷刻间、落日云扉。

　　朝来暮去人难寐。

　　神州万里，风雨急催。

　　神州万里，风雨急催。

　　莫辜负、玉盏金罍，

　　旧恩情、起自寒微。

　　好男儿、岂吝平生，

　　一诺重、得成不悔，

　　任飘摇、我自岿巍。

　　歌吹，剑挥。

　　去时不问前程路，

　　生死再难会。

　　唯恐春深昨梦觉，

　　平地惊雷！

晋　生	不知爹爹现在如何了？我且先找船渡河！船家！船家！
老艄公	娃娃，唤我何事？
晋　生	我要渡河！
老艄公	渡河两文！
晋　生	来时匆忙，竟忘记带上盘缠，这可怎生是好？
老艄公	看你年幼，收你一文！
晋　生	一文……我也无有啊！

老艄公	你这娃娃，既是身无分文，可莫怪我老汉不讲情面了！
晋　生	船家息怒，我实在是有急事，万望通融！
老艄公	渡河一文，不渡便罢！
豫　让	（从船中出）何事如此吵闹？（见生）你……你怎会在……
老艄公	先生少罪！这个娃娃不明事理，一文不出，却让我允他渡河。
豫　让	一文而已，既是同渡，我出便是。
老艄公	难得先生如此慷慨，娃娃，还不快快谢过？
晋　生	多谢先生助我渡河！（施礼）
豫　让	快快请起！（自）我之面目声音，大与往日不同，想来纵是我儿，亦是认我不出。且与他同行一段，再作打算！
晋　生	看这壮士形状，竟似我家爹爹！

（唱）【牧羊关】

　　七岁学击剑，

　　十五戏金槌。

　　英姿飒，虎眼浓眉。

　　倚剑行歌，银鞍雕佩，

　　且同明月推盏，

　　吴钩白马胡盔。

　　而今音书废，

　　冰心寄与谁？

这位伯伯，不知你家在何方，缘何到此？

豫　让	我是代国人氏，逃荒到了此地。
老艄公	自从代王被赵襄子所杀，这代地便算是赵襄子领地，划归晋土了！
晋　生	竟有这等惨事！
豫　让	何止如此，那赵襄子之姊乃代王王后，代王去后，亦是自杀

身亡!

晋　生	哎呀!那赵襄子便丝毫不念骨肉之情么?
豫　让	骨肉之情虽重,却难抵先人之托!
晋　生	先生何出此言?
豫　让	受人之托忠人之事,先人以国相托,岂可因私情而废社稷?
晋　生	听这壮士说话,竟似我家爹爹!

(唱)【四块玉】

似这般苦觅寻,

无人慰。

尊前难问是与非,

恐留人间难寻觅。

气冲冲忍咽吞,

意诚诚实难怼,

盼他将我心窥。

老艄公	娃娃一人如此急切渡河,是为何事啊?
晋　生	不瞒老人家,我乃是为寻一人。
老艄公	何人?
晋　生	无恩无义之人。
老艄公	无恩无义之人?
晋　生	正是!
老艄公	既是无恩无义之人,何必还要寻他?他是你什么人啊?
晋　生	正是我家爹爹!
老艄公	你爹爹?
晋　生	当日他决绝而去,抛下母亲与我,此番晋生渡河,正是为了寻他一寻,问他一问!
老艄公	可怜你母子遇此负心之人!

晋　生	（摇头）不是！	
老艄公	不是他纨绔子弟，负心出走？	
晋　生	不是！	
老艄公	不是他债台高筑，出外逃债？	
晋　生	不是！	
老艄公	不是他有所隐瞒，不负责任？	
晋　生	不是！	
老艄公	既是如此，为何舍你母子而去？	
晋　生	我爹爹乃顶天立地之人，有不可不报之恩，自有不得不为之事！	

（唱）【前腔】

好男儿岂忍将，

恩情费。

崎岖前路有雄彪，

蛇熊在途豺狼吠。

骨铮铮铁打魂，

马疾疾恭执辔，

纵平川虎生威。

豫　让	豫让何德何能，得儿若此！
老艄公	如此说来，他倒是个英雄？
晋　生	自是英雄！
老艄公	既是有恩必报之人，为何说他无恩无义？
晋　生	有恩有义，谓其有恩必报；无恩无义，谓其抛弃妻子！
老艄公	小小年纪，倒是个爱恨分明之人！
晋　生	爹爹走后，娘亲再无笑颜，只是日日对着桃树，寸寸捱过光阴。晋生想要追上爹爹，问上一问！

豫　让	问他什么？
晋　生	既已生我，何不养我？这骨肉之恩，血脉天伦，难道果真比不上那君臣之义，知遇之情么？
豫　让	晋生吾儿！

（唱）【哭皇天】

怎忍看芳菲纷纷坠，

落红倩人追。

苦逡巡数声孤雁，

遥牵念一线金辉。

却把那痴心人儿悖，

哀哀含珠双泪垂。

来生重见，

无字铭碑。

爹爹心中苦楚，桩桩件件，皆非常人所知，爹爹只盼你能够忘却前尘，好好活过此生！

老艄公	若是寻到，又当如何？
晋　生	……若是寻到，又当如何？
老艄公	他既是决绝而去，必是心中已有决断，你纵是寻到，又能如何？
晋　生	是啊……我……又能如何？
老艄公	依我看来，竟是不寻也罢！
晋　生	依你看来，竟是不寻也罢？
老艄公	正是！
晋　生	……竟是如此！
豫　让	他决绝而去，或许非是为那知遇之恩，君臣之义，而是为了……
晋　生	为了？

豫　让　　为了还这滔滔浊世,一片清空!

晋　生　　为了还这滔滔浊世,一片清空……那岂非飞蛾扑火?

豫　让　　纵是飞蛾扑火,也好过同流合污!

(唱)【乌夜啼】

　　空负那多情人间佳绘,

　　共白头举案齐眉。

　　空负那半生辛累,

　　求学异地远门楣,

　　苦去酸回,

　　五味皆非。

　　一言难悖是心扉,

　　一言难悖是心扉。

　　平生幸甚得佳配,

　　偏还有,愁千岁。

　　痴人西去,

　　江海东归。

晋　生　　晋生……敢不受教!

老艄公　　(靠岸)从此北去,便是赵襄子领地,两位客官,请下船吧!

【豫让欲下船。

晋　生　　等等!

豫　让　　……何事?

晋　生　　这位伯伯,你的面目虽是不同,声音却像极我家爹爹。你可否多说几句,让我再听一听他的声音?

豫　让　　这……

老艄公　　好娃娃,莫要为难这位先生!

晋　生　　是了,是了,是晋生妄言,是晋生……任性了。

豫　让	……告辞！
	【豫让下。
晋　生	（向净而跪）爹爹！
老艄公	娃娃，你怎的不走了？
晋　生	麻烦船家将我渡回岸去！
老艄公	渡回去？
晋　生	渡回去。
老艄公	人不追了？
晋　生	既是决绝而去，心中已有决断，纵是寻到，又能如何？
老艄公	既是如此，娃娃上船！
晋　生	（唱）【收尾】

　　　　　　船行万里难相汇，

　　　　　　辜负殷勤玉酒杯。

　　　　　　登临且送君归去，

　　　　　　百转千回，

　　　　　　欲寻又退。

　　　　　　别后天涯，

　　　　　　离人化新鬼。

第三折　吞炭

【晋国郊外。

【豫让上。

豫　让	日夜兼程，已是疲惫至极。听闻赵襄子明日经过此地，吾欲伏于桥下，中途袭之。天色渐晚，此处有山神庙一座，待吾

进去，休整一番！

（唱）【端正好】

啸西风，

心难静，

七尺男儿怎能忘旧主恩情。

衔环岂惧乾坤定。

生死一朝竟！

【豫让进庙。

豫　让　这庙宇甚是破败，且喜四顾无人。待吾上前清理一番，打一盹睡！正是：

（念）梦里偷欢成双对，

　　　一觉恩怨隔重山。

（打睡介，惊醒介）吓煞人也！吓煞人也！方才朦胧睡去，竟梦至旧主智伯，兵败之时，宗族被屠，头骨为杯。他与吾宝剑一把，哭求吾为他报仇。好不伤心人也！

（唱）【滚绣球】

烈马嘶，

金戈鸣，

鼓点阵阵杀声劲，

一霎时刀光血海扫清平！

此番惊醒，再无睡意，只得徘徊庙中。好一座山神像！庄重肃穆，倒似看透这世间一切悲凉！

（唱）生也愚，

死也庸，

庸庸碌碌一生幸，

何必非身现乱世保高名！

这庙中甚是清冷,待俺取些柴火,点上焚香,与他拜上一拜!(寻柴点火介)火已取来,柴已添上。神明在上,豫让在下,愿吾妻丽娘,吾儿晋生,此生康乐,别无他忧!

(唱)破衣暗掩斑斓泪,

　　缘浅难销日月情,

　　天道冥冥!

豫让此去,必不复归,愿此行马到功成,杀灭仇雠!

(唱)【倘秀才】

　　一念起谁知重轻,

　　转瞬间风云乍惊,

　　只盼他怒起刀出灭赵兵!

　　血淋淋身与誓,

　　悲戚戚凤鸾鸣,

　　来生再听!

山神啊山神,你我有缘相会于此,如今吾无亲无友,无旧无故,只有与你推杯换盏罢了!连日来赶路甚急,都不曾整理仪容。想俺豫让当年,乃是乡野之中第一等伟丈夫,呵,这一双瞳眸宛若星子,秋色无边,吹皱一池秋水!

(唱)【滚绣球】

　　月色洁,台步轻,

　　阶前露冷银光静,

　　漫天悲喜是繁星。

呵,这一行疏眉如剑,爱煞多少娉婷!

(唱)我意浓,卿意诚,

　　山得好枝留金凤,

　　雀鸟双双倚春庭。

呵，再说这皓齿美髯，羡煞多少英雄！

（唱）诗成舞剑何须赏，

　　　落日楼头喜共登，

　　　同语东风！

乡里四邻，无不赞许，那求亲的队伍呵，果真是踏破门槛！你若不信，吾这便与你对镜看来！（看到镜中自己）呀——这镜中之人，竟是吾么？那乌目星瞳，哪里去了？那疏眉如剑，哪里去了？那皓齿美髯，哪里去了？是了，是了，为报主恩，吾漆身为厉，灭须去眉，怎一个惨字了得！

（唱）【倘秀才】

　　　恨难当孤身远行，

　　　怎忘那前尘历经，

　　　思往事只影婆娑苦泪莹！

罢了罢了，昨日种种，皆如烟云，吾既已撇下妻子，改易容貌，便是为了明日之时，将那襄子送入黄泉。只可惜呵，昨日种种，点点滴滴，皆在吾心，忘也难忘，记也难记。山神啊山神，你说吾可如何是好？

（唱）非是俺，恁薄情，

　　　义字当头压得俺看不透前路昼暝！

山神，山神，吾儿渡河之时，曾识出吾之声音，吾已舍弃亲人，改变容貌，莫非连这声音，也留不得么？

（唱）【脱布衫】

　　　恁怎地看往日恩爱山崩，

　　　苦心人偏被那情锁牵行。

　　　骤白头难消病容，

　　　任浮沉数行青苔。

身体发肤,受之父母,不敢损伤。不想今日,豫让漆身之后,竟还要吞炭变声!吾之容貌,吾之声音,皆已毁坏殆尽。妻啊,儿啊,再见之时,你们可能认得出吾?黄泉之下,你们可能认得出吾?若是失散于黄泉,豫让与你二人,可还能来生再会?

(唱)【醉太平】

  何时再迎,

  浪静风平,

  烟云散雨过天晴,

  四时好景。

  执妻手两行人并,

  共悲欢发白妆净,

  依稀是往日娉婷。

  何妨泪凝!

何处来的马蹄声?是了,是了,必是赵襄子的先行部队,前来探看。吾须得做个决断!

何处来的锣声?是了,是了,必是赵襄子的侍从先行,为他开道。火啊火,你且将这枝蔓烧灼,也将吾心烧灼,此生吾已一无所有,唯余寸心一片,可昭日月!

何处来的车马声?是了,是了,必是赵襄子车驾已近,吾已不能再等!炭啊炭,你且将吾一切烧灼,从此之后,世上再无丽娘之夫,晋生之父,只有襄子之仇,智伯门客!

幕 后	(伴唱)今夕何夕兮,搴舟中流。
	今日何日兮,得与王子同舟。
	蒙羞被好兮,不訾诟耻。
	心几烦而不绝兮,得知王子。

山有木兮木有枝，心悦君兮君不知。

豫　让　（吞炭介）从此世上，再无豫让！吾且出门，静候襄子！

（唱）【随煞尾】

一腔心事谁人赠，

满腹柔肠却成空。

梦里乾坤尘世中，

何处人间豫家冢。

第四折　刺衣

【晋国郊外。

赵襄子　（念）留得残年望山河，

再使宇内海宴清！

孤赵襄子，乃是赵氏一族宗主。自周室衰落，诸侯攻伐，以臣弑君，形同乱世。不知这周室之后，又有几人称霸，几人称王？相国，桥下之人，可带来了？

张孟谈　已在阶前！

赵襄子　带上来！

张孟谈　诺！

【众人推豫让上。

豫　让　（唱）【新水令】

从前来往尽王孙，

不提防、虎囚龙遁。

前尘犹未远，

谁念旧时人。

　　　　　吞炭漆身，

　　　　　　来报怨和恩。

赵襄子　方才马惊之时，但觉心中一动，便知你，早已敬候在此。

豫　让　你认得我？

赵襄子　岂止认得，还是故交哩。

豫　让　故交？

赵襄子　你不止是孤的故交，还是孤的知己。

豫　让　一派胡言！

赵襄子　你可知孤为何来此？

豫　让　与我何干！

张孟谈　我家大人来此，乃是为了前往代地，赈济灾民！

豫　让　当真？

张孟谈　果真！

赵襄子　乱世如此，孤身为一方宗主，自是要安社稷黎庶，肃乱世之源！

豫　让　乱世非一日之功，尊驾以一人之力，又能如何？

赵襄子　大言不惭也罢，妄自尊大也罢，也好过巧取豪夺，民不聊生！

　　　（唱）【驻马听】

　　　　　弹指乾坤，

　　　　　六百年殷实仓廪；

　　　　　繁华似锦，

　　　　　鼓声乱剑指连姻。

　　　　　起纷争悔正毗邻，

　　　　　干戈错楚齐秦晋。

　　　　　王室衰，

诸侯各自风头劲。

豫　让　依你看来，如此乱世，是何缘故？

赵襄子　礼崩乐坏，君者不君，臣者不臣，诚者不诚，信者不信，贤者下位，愚者得势，是故为乱世！

豫　让　好个君者不君，臣者不臣，诚者不诚，信者不信！依你看来，如何解之？

赵襄子　明君当位，爱重黎庶，轨范垂明，四海归一！

豫　让　真吾主也！

（唱）【胡十八】

胆气豪，

蛟龙蜯，

雷电急，

苦追寻。

飘萧寒剑飒长林，

何日破春，

何日破春，

黄土魂，

朔风紧。

不可，不可，襄子乃我主仇敌，我怎可弃主投敌！（向赵）你知你为何来此，又可知我为何来此？

赵襄子　你之夙愿，难道不是结束这乱世么？

豫　让　……正是如此！

赵襄子　君既有此志，何不归我麾下，一展宏图？

豫　让　你可知我是何人？

赵襄子　汝之姓名，并不重要。

豫　让　……并不重要？

赵襄子	汝已更易容貌，毁去嗓音，难道这区区姓名，竟还割舍不下吗？
豫　让	割舍得了如何？割舍不了又如何？
赵襄子	君愿舍弃姓名，孤便忘却前尘！
豫　让	好个赵襄子！依你说来，我是何人？
赵襄子	足下之名，四海皆知。
张孟谈	主公，究竟何等人物，竟有此能耐？
赵襄子	自是那为报主恩刺杀襄子的智伯门客豫让是也！
张孟谈	主公，您说他是豫让？
赵襄子	正是！
张孟谈	那豫让英气逼人，怎会是如此乞丐形容？再者，他已失败一次，岂会再来？
豫　让	是啊，那等贤才，岂会是我？
赵襄子	豫让天下之贤人，复仇尚未成功，必然再度前来。只是……
张孟谈	只是？
赵襄子	只是当初初见豫让之时，以为是个英雄，因而放他归去，不想今日……
豫　让	今日又如何？
赵襄子	今日一见，却是个懦夫！
豫　让	……哎呀！
张孟谈	大人，这人当如何处置？
赵襄子	他既非豫让，又未查实刺杀之行，我襄子手下不斩冤魂，放他去罢。
张孟谈	诺！
豫　让	等等！
张孟谈	怎么？

豫　让　　事既未毕，岂可离去？

赵襄子　　何事未毕？

豫　让　　仇敌尚在，岂可擅去？

赵襄子　　仇敌是谁？

豫　让　　正是你赵襄子！

张孟谈　　大胆！

豫　让　　堂堂姓名，乃吾之根本，叫我如何割舍？我豫让今日来此，便是要为主报仇，刺杀赵襄！

【赵襄子大笑。

赵襄子　　你是豫让？

豫　让　　正是！

赵襄子　　你并非豫让，还是快些走了吧！

豫　让　　豫让在此，怎说我不是豫让？

赵襄子　　我曾见过豫让，不是你这个形容！

豫　让　　为报主恩，漆身为疠，特特变了形容！

赵襄子　　非只容貌，声音也是不同。

豫　让　　为使故旧不识，吞炭为哑，妻子难辨！

赵襄子　　豫让豪气冲天，岂会愿意屈身为乞？

豫　让　　为报主恩，万死不辞！

赵襄子　　不想今日乱世，竟还有如此之人！

（唱）【沉醉东风】

　　谁曾见、颜回泣贫，

　　瓢与箪、用破真心。

　　情不移，何须吝！

张孟谈　　好你个豫让，大人好心放你，不想你竟如此歹毒心肠！

赵襄子　　孤只再问你一遍，你可想好了再答！

豫 让	要问便问!
赵襄子	你且听好,你若是豫让,孤决不放过;你若并非豫让,便可马上离开!你可听清了?
豫 让	若是豫让,不可放过;若非豫让,任我离去?
赵襄子	正是!
豫 让	此言当真?
赵襄子	君子一言,快马一鞭!
豫 让	哎呀呀,赵襄子真英雄也!

    (唱)也不是、火里金刚,

      铁打心肝铁铸魂。

      平生事、

      只宜七分认真!

    (念)奈何我一生向真不肯言悔!

赵襄子	孤且最后问你一次,你,可是豫让?
豫 让	在下……正是豫让!
赵襄子	好好好……既是豫让,就莫怪孤不能放你了!左右,将他拿下!

    【众兵士将豫让擒下。

赵襄子	豫让,你曾侍奉数个主人,智伯只是其中之一。你为何非要为他报仇?
豫 让	智伯以国士待我,我岂可不以国士报之!

    (唱)【雁儿落】

      胸中恩义生,

      岂为黄金印。

      楼高邀共饮,

      展翅声同振。

赵襄子	你为智伯刺我，天下皆知，大名已成，何必再来一次？
豫　让	豫让刺杀大人，非为沽名钓誉，乃是为了我心中恩义！
赵襄子	你可知为了这点儿恩义，你要赔上整个性命？
豫　让	豫让不悔！
赵襄子	以你的才华，出将入相，指日可待，一朝踏错，满盘皆输。你可想过？
豫　让	豫让不悔！
赵襄子	你妻子尚在人间，你一朝踏入黄泉，永世不得再见，你可后悔？
豫　让	豫让……不悔！
赵襄子	豫让，你乃贤人，可孤是君王，已经赦免了你一次，不能再赦免你第二次了。
豫　让	求仁得仁，又复何怨！
赵襄子	来人，把豫让带下去，好生看管！
豫　让	且慢！
赵襄子	还有何话说？
豫　让	大人既说是吾之知己，当知吾之心意。吾为智伯报仇，非为一己之私，今报仇不成，有愧泉下。唯有一愿，望大人恩准！
赵襄子	你且说。
豫　让	豫让想向大人求取一物。
张孟谈	好你个豫让，刺杀我家主公，还敢向主公请求！
赵襄子	何物？
豫　让	豫让只求一件大人的衣衫。
赵襄子	这是何意？
豫　让	豫让无能，不能为主报仇，唯有击衣以致报仇之意，他日泉

下有知，当念大人恩德！

赵襄子　（脱下外衣）来人，将此衣递给豫让！

豫　让　谢大人！

【豫让接衣欲下】

赵襄子　且慢！

豫　让　大人还有何事？

赵襄子　以君之才华，若假意投靠于孤，趁孤不备，举剑刺孤，恐怕孤早已死于君之剑下。君何故残身苦形，狼狈至此？

豫　让　豫让若是投奔大人，却想借机刺杀大人，是对大人怀有二心。豫让纵然不能成事，也不愿做那背主之人！

赵襄子　豫子且住！只要你说愿做孤之臣子，成为孤之臂膀，孤这便赦免你！

豫　让　大人……

赵襄子　豫子，当孤求你了，你且说这一句，又能如何？

豫　让　豫让乃是智伯之门客，智伯之臣子，岂能为了活命，就改事智伯之死敌？

赵襄子　这……

豫　让　此生之情，来生再报，大人，豫让去也！

（唱）【搅筝琶】

　　寒冬峻，

　　薄雾近黄昏。

　　歌遍天涯，

　　终得尾韵。

　　平生事，似烟云，

　　幸历尽风尘，碧血犹温。

宝剑啊，宝剑！智伯将你赠之于我，今日终是你出鞘之期！

(第一次刺衣）七尺男儿，难报主恩，举剑刺衣，可笑，可怜！

赵襄子 豫子——

豫　让 （第二次刺衣）漆身吞炭，劳心苦形，终于失败，可悲，可叹！

赵襄子 豫子——

豫　让 （第三次刺衣）生逢乱世，身遇明主，纵此身已许，一无憾恨，岂不快哉、喜哉、乐哉！

赵襄子 豫子——

豫　让 了结乱世，拨正乾坤，请自豫让始！

【豫让自刎。

张孟谈 啊——

赵襄子 怎么？

张孟谈 豫让他——他……他……他……他自刎了！

赵襄子 呀！好一个贤臣，可惜我不能得之！拿酒来！

张孟谈 是！

赵襄子 （将酒洒到地上）

（唱）【离亭宴带歇指煞】

残山旧梦余晖衬，

英魂再遇实难认。

一杯啜饮，

万马泣同喑；

谁怜时乖运，

翻作黄泉忿。

碧血化玉蝶，

岁月催双鬓。

长明不陨，

相望似商参。

邯郸游仙梦，

君子悲宫禁。

明明日月怀，

愧我修罗阵。

人间狱场，

君王更堪哀，

无风亦觉凛！

起风了……相国！

张孟谈　　在！

赵襄子　　夜色已暮，快些启程！

张孟谈　　是！

【锣鼓开道，幕落】

【大型昆曲剧本】

惜 姣

原作　许自昌

改编　周　宇

人　物

阎惜姣　宋江外室，旦

张文远　宋江弟子，丑

宋　江　阎惜姣之夫，文武老生

阎　婆　阎惜姣之母，老旦

王　婆　阎家邻居，彩婆子

场　次

第一折　定媒

第二折　借茶

第三折　杀惜

第四折　情勾

第一折　定媒

【王婆上。

王　婆　说破嘴一张，鸳鸯好共眠。婆子我人称王婆，乃是这郓城县里第一位冰人。今日来找阎婆母女，正是为了成就一桩好姻缘哩！

【阎婆迎上。

阎　婆　老姐姐快请！今日所来，是为何事？

王　婆　今日前来，乃是为你道喜哩！

阎　婆　我这里一片惨淡，何喜之有！

王　婆　前番你所求之事，宋相公已然应下，你说，喜也不喜？

阎　婆　果真？

王　婆　自然！

阎　婆　哎呀，真是喜从天降，待我去寻我那女儿！（走几步又停下）

王　婆　怎么？

阎　婆　老姐姐有所不知，我那女儿是个倔强种，提亲之事我未曾向她说起，怕是她不会应允。

王　婆　这有何难，凭我王婆巧嘴一张，还怕说她不动么？

阎　婆　如此，全赖老姐姐了！（向内）女儿，快些出来，有客来见！

内　场　来啦！

【阎惜姣一身素服上。

阎惜姣　（唱）【园林好】

　　　　正悲戚春风肆寒，
　　　　柳含烟白裙素衫。
　　　　探花谁惜春半，

　　　　　　门户掩，泪阑珊。

　　　　　　母亲唤我何事？

阎　婆　　这位是前日看顾我母女的王婆，还不速来见礼？

阎惜姣　　见过王妈妈。

阎　婆　　你二人先在此歇过，我去倒杯茶来。

【阎婆下。

王　婆　　好个水灵的姑娘，真乃天姿国色！怎的满脸泪痕？

阎惜姣　　老父客居新丧，家中失却顶梁，怎不伤心人也！

王　婆　　你父新丧，已得恩公宋江仗义疏财，入土为安，你还伤心什么？

阎惜姣　　母女相依为命，漂泊外乡为客，怎不伤心人也！

王　婆　　你一家寻亲未得，流落此地也是缘分，需得想开些才是！

阎惜姣　　一家衣食无着，身边无人可靠，怎不伤心人也！

王　婆　　妙哉妙哉！我有一妙法，可助你母女摆脱困境，你可愿听？

阎惜姣　　……何种妙法？

王　婆　　我手上有一桩极佳的婚事，若是你能答应呵。

　　　　　（唱）包管你得富贵，获平安。

阎惜姣　　妈妈自是好意，只是我阎惜姣呵！

　　　　　（唱）【江儿水】

　　　　　　粗解人间事，

　　　　　　浅尝世上艰。

　　　　　　不求富贵同床厌，

　　　　　　但求合意鸳鸯眷，

　　　　　　成双一世相痴恋。

王　婆　　我给你荐的这位姑爷，可不是一般人，他可是我郓城县一位响当当的人物！

（唱）名震山东霄汉，

　　　　朋满八荒，

　　　　当世英雄谁羡。

阎惜姣　　虽是有权有势，若是奸猾之辈，我阎惜姣也不肯嫁！

王　婆　　他不仅是响当当的人物，还是一位众口称赞的仁义之士！

阎惜姣　　果真？

王　婆　　自然！

（唱）【五供养】

　　　　心慈面善，

　　　　福如东海立如山。

　　　　济人间祸难，

　　　　仗义每相传，

　　　　娇儿所盼，

　　　　孝和义得千人赞。

阎惜姣　　虽是英雄豪杰，若是家徒四壁……

王　婆　　姑娘莫要担心，你这位姑爷啊，家底可殷实得很哪！

（唱）朱户藏深院，

　　　　款款玉珠帘。

　　　　夜深谁共戏婵娟。

阎惜姣　　果真有如此人物，看中了我？

王　婆　　姑娘这是同意了？

阎惜姣　　如此人物，自是求之不得！只是不知他姓甚名谁，作何营生？

王　婆　　正是那郓城县衙第一位押司宋江宋公明！

阎惜姣　　……宋公明？

王　婆　　不错！

阎惜姣	……可是那日施舍棺材于我母女的恩人宋公明?
王　婆	正是他!
阎惜姣	……竟是他!
王　婆	既是姑娘答应,这门婚事便是成了! 我还需给宋相公道喜才是!
阎惜姣	王妈妈稍待!
王　婆	如此喜事,岂可耽搁,姑娘莫急,我这就去请宋相公!
阎惜姣	王妈妈!

【阎婆上,拉住阎惜姣】

阎　婆	老姐姐慢走!
阎惜姣	母亲,这门亲事,答应不得!
阎　婆	有何不可?
阎惜姣	宋相公年已四十,我年方二八,实是不相匹配!
阎　婆	老夫少妻,正是甜蜜得很!
阎惜姣	宋相公又黑又矮,女儿我正青春貌美,如何般配?
阎　婆	宋相公一县押司,我母女不过卖唱之人,那宋相公不嫌弃我二人便是了,如何配不上你!
阎惜姣	母亲!

(唱)【玉交枝】

凄凉谁叹,

谢芳枝、霜寒叶残。

也知春尽无余瓣。

天香楼里流连,

东京月下梦里天。

歌台远去芳菲怨,

恨无依、痴痴又怜。

>　　　　　　恨无依、痴痴又怜。
>
>　　　女儿只求一人情投意合，哪怕清贫度日，也无怨无悔!

阎　　婆　　蠢话!你自小娇生惯养，半分苦楚也未吃过，若是要你耕田织布，你可会做?

阎惜姣　　这……

阎　　婆　　我母女二人流落异乡，无依无靠，若是有人上门欺侮，你可有法子应对?

阎惜姣　　这……

阎　　婆　　你父新丧，我母女衣食无着，难道你要我腆着老脸，到街上乞讨不成!

阎惜姣　　母亲!

阎　　婆　　我已答应宋相公这门婚事，从此你生是他人，死是他鬼，木已成舟，不必再议!

阎惜姣　　母亲!

(唱)【前腔】

>　　　寻春谁见，
>
>　　　落纷飞、霞红遍天，
>
>　　　流波逐碧凭人怨。

母亲怎可不心疼女儿?

阎　　婆　　我就是心疼你，才为你早作打算!

阎惜姣　　那宋江说是施恩于我母女，却又要我回报，如此之人，母亲果真以为可托终身么?

阎　　婆　　那宋江外号"及时雨"，江湖之上无不知晓，若是负你，岂不辱没声名?

阎惜姣　　难道不嫁宋江，我母女二人便没有活路吗?

阎　　婆　　那宋江非是要娶你过门，你不过与他做个外室，服侍服侍他

	便罢了。
阎惜姣	……外室？
阎 婆	怎么，你以为他还要娶你为妻么？
阎惜姣	……欺人太甚！
阎 婆	世道无情，儿啊，你便认命了吧！
阎惜姣	（唱）堪风雨竟连番，
	负了春意，把春瞒。
	无端祸起连声唤，
	叫一声娘亲泪湑，
	叫一声娘亲泪湑。

【王婆领宋江、张文远上】

王 婆	宋押司，张押司，这里便是阎氏母女宿处，劳烦张押司来陪过门了。
张文远	妈妈不必客气，这是宋押司的大喜事，学生岂可不来。

【阎惜姣出，与张文远撞个满怀】

张文远	呀！
阎惜姣	啐！
张文远	（唱）【川拨棹】
	不曾见，
	绿珠含泣影单。
	蓦回头神女翩跹。
	蓦回头神女翩跹。
阎惜姣	（唱）苦执着，
	一丝命悬，
	恨绵绵掩俏颜。
	恨绵绵掩俏颜。

王　婆	仔细了，仔细了！姑娘是往哪里去啊？
阎惜姣	不劳王妈妈费心！
阎　婆	宋相公来了，你岂可不在！
阎惜姣	母亲！
阎　婆	我儿，还不快过来，见过宋相公！
宋　江	不消！
阎　婆	宋相公是我家大恩人，你须记得他的恩情！
阎惜姣	母亲！
阎　婆	宋相公此来，是来求亲于你，我们一家好坏，可都系在相公身上哩！还不快来拜见！
阎惜姣	奴家……拜见宋相公！
宋　江	娘子多礼！
王　婆	郎才女貌，甚是相得！张押司，还不快来为这二人见证？（连唤数声介）张押司？
张文远	学生这便前来！这便前来！
王　婆	虽无八抬大轿，也当觅个院子安顿下才是。
宋　江	我已备下乌龙院一座，这便着人将娘子母女搬了进去。
王　婆	如此甚好！姑娘，还不快谢过宋押司？
阎惜姣	奴家……谢过宋相公！
阎　婆	难得宋相公如此盛情，选日不如撞日，不如今天……
阎惜姣	今天如何？
阎　婆	今天便送入洞房！
王　婆	好得很，婆子我便与张押司做个证婚人，将这一对鸳鸯送入洞房！
阎惜姣	（唱）【尾声】

阳春四月枯藤伴，

锦瑟流年变旧年。

莫问青白何事染。

母亲！

阎　婆	去吧！
阎惜姣	母亲！
阎　婆	去吧！
阎惜姣	母亲！

【阎婆不理，宋江与阎惜姣同下】

第二折　借茶

阎惜姣　　　　（唱）【一封书】

临风半掩扉，

悄含情，暂倚间。

只见那结伴寻芳画外展，

选胜携樽陌上车。

教我惜春无计，

春光暗移。

惜花良苦，

花期渐逾。

镇无言，独立长吁气。

月老儿，你好糊涂人也！

【张文远上。

张文远　　　　（唱）【前腔】

花间鸟自啼，

杜陵东，步屣移。

学生张文远，排行第三，与宋公明同是府中县吏。今日公明兄府衙忙碌，着我捎话给他外室。说起这位外室，姓阎名惜姣，乃是一位有名的花娘子，此番远远瞥见，真是好不动人也！

（唱）看他隐约珠帘遮翠鬓，

　　　掩映芳容倚绣扉。

　　　教我凝眸偷觑，

　　　神魂欲飞。

　　　看他含羞敛袂，

　　　天香暗霏。

阎惜姣	怎么这时候母亲还不回来？
张文远	（唱）似莺声，
	呖呖偷吁气。
	既是来了，不免上前，只说借茶，逗她一逗，看她如何？吓，小娘子拜揖！
阎惜姣	哎呀，哪里来的客官？
张文远	学生寻芳而来，一时火动口渴，敢借香茗一盏，胜似琼浆玉液。
阎惜姣	你要吃茶么？
张文远	正是。
阎惜姣	吃茶么便说吃茶，说什么寻芳哩？
张文远	劳烦小娘子取茶！
阎惜姣	冷的便有，热的不便。
张文远	正是冷的下火！
阎惜姣	你且稍待！

张文远　　多谢小娘子!

阎惜姣　　你站在此处不要动吓!

张文远　　小娘子吩咐，必当遵命!

【阎惜姣移步，张文远跟随】

阎惜姣　　住了!

张文远　　怎么?

阎惜姣　　不是说了不要动么?

张文远　　是了是了，是学生糊涂了。小娘子自去，学生再不敢动的!

阎惜姣　　我去去便来!

【阎惜姣下】

张文远　　看仔细，看仔细，小心! 不要把自己看得跌倒了! 哈哈……那小娘子进去取茶，叫我不要动。我张文远怎敢挪动半步呀——

（唱）【醉罗歌】

　　徙倚徙倚缘阶砌；

　　延伫延伫望仙姿。

　　依稀绰约洛川妃，

　　炯含媚眼如秋水。

方才小娘子进去的时节，把这裙儿摆这么几摆——

（唱）似翾风宋祎，

　　翩翩遇奇。

　　阳城下蔡，

　　悠悠思迷。

　　只怕断虹影阻高唐雨，

　　携茗碗整绣襦，

　　为怜鸿渐思依依。

哎呀！公明兄，若我家中有如此美人，岂会似你彻夜不归啊！

【阎惜姣上】

阎惜姣	茶来了。
张文远	茶虽有了，然学生立在街上吃，岂非斯文扫地，可否请小娘子借我院中一角，容我吃了再走！
阎惜姣	吃了再走？
张文远	吃了便走！
阎惜姣	也罢了！
张文远	多谢小娘子！好一滚热茶！烫得我手指通红，心中滚烫！
阎惜姣	好说。我与你取些凉茶。
张文远	哎呀呀，小娘子勿要拨火！
阎惜姣	吓？
张文远	学生失言，只管吃茶才好！好香的茶！生清碧绿，入口醇香，泉水泡之，好不妙哉！

（唱）【前腔】

　　茗借茗借怜崔护，

　　消渴消渴甚相如。

　　琼浆一饮自踌躇，

　　怎将玉杵酬高谊？

阎惜姣	吃茶便吃茶，哪里来的许多闲话！
张文远	学生不曾盼得如此奢华！莫非小娘子你……
阎惜姣	我怎地？
张文远	你么……（笑介）自然是对我有意了！
阎惜姣	啐！

（唱）那蓬莱海外，

　　去时路歧，

	嫦娥月里，
	望来眼枯。
	春山懵懂频偷睨，
张文远	（唱）明明是心私许，
	目乱迷，
	何期相见便相依。
	茶已吃过，但觉内困外乏，小娘子垂怜，可否容学生至屋中歇息片刻？
阎惜姣	你要进屋休息？
张文远	正是！
阎惜姣	看你斯斯文文，不想竟是个无耻之徒！
张文远	啊，学生知错了！不提便是，不提便是！
阎惜姣	还不快走！
张文远	学生这便走！
阎惜姣	慢着！
张文远	小娘子还有何吩咐？
阎惜姣	坐下！
张文远	学生这便坐！
阎惜姣	你可知我是何人？竟敢戏弄于我？
张文远	你家本姓阎，你名唤惜姣。
阎惜姣	家中还有何人？
张文远	无父无兄，但有老母在堂。
阎惜姣	夫家何人？
张文远	县吏宋公明！
阎惜姣	吓，你怎知晓如此许多？
张文远	你只答我是也不是！

阎惜姣	你若不说,我便喊人了!
张文远	小娘子莫怕!莫非你不记得我了么?
阎惜姣	……确是眼熟得紧。
张文远	那日你与宋公明成婚,还是我做的主婚人哩。
阎惜姣	你……你便是那张押司?
张文远	不错!我与你夫宋公明同为县衙县吏,今日他差我前来,特地带话与你!
阎惜姣	我当是何人!原来是那老宋派来的!杯子还我! (取杯) 壶儿还我! (取壶) 茶也还我!
张文远	茶已喝了,还不得了!
阎惜姣	呔!
张文远	小娘子且住!
阎惜姣	何事?
张文远	我为公明兄带话,小娘子怎会如此?
阎惜姣	他固是我衣食父母,我却非是他家奴仆!
张文远	这是怎地话说?敢是公明兄奚落于你?
阎惜姣	他怕是连奚落于我,也是不肯的吧!
张文远	敢是他冷落于你?
阎惜姣	他心中视我,一如草芥,何尝有过半分温存!
张文远	哎呀呀,他竟如此待你?
阎惜姣	比之更甚!(哭)
张文远	小娘子莫哭!你这梨花带雨,哭得我好不伤心也!
阎惜姣	奴家哭,客官也哭?

张文远　　　自是要哭的。

阎惜姣　　　哦,你哭什么?

张文远　　　小娘子哭什么?

阎惜姣　　　我哭我红颜薄命,所托非人,你又哭些什么?

张文远　　　我哭小娘子红颜薄命,所托非人哪。

阎惜姣　　　啊?

张文远　　　啊。

阎惜姣　　　官人家中,可有妻室?

张文远　　　学生一人,未敢安婆。

阎惜姣　　　当真?

张文远　　　若有假话,天打雷劈!

阎惜姣　　　(打断)着紧些!哪里便用着这些毒誓了?

张文远　　　小娘子疼我!

阎惜姣　　　你方才说那老宋带话与我,说的都是些什么?

张文远　　　他让我与他带些铺盖,并让我转告于你,今日不回来了。

阎惜姣　　　不回来了?

张文远　　　不回来了。

阎惜姣　　　果真不回来了?

张文远　　　当真不回来了。

阎惜姣　　　官人的茶,吃得如何了?

张文远　　　学生吃的,甚是畅快。若能天天有此茶可饮……

阎惜姣　　　怎么?

张文远　　　胜过快活神仙!

阎惜姣　　　呀——

张文远　　　吓——

阎惜姣　　　(唱)【前腔】

	牡丹牡丹花间醉，
	痴愿痴愿竟得遂。
张文远	（唱）宿花蝴蝶梦犹迷，
	也学庄老识鱼美。
阎惜姣	官人，明日此时，可来喝茶？
张文远	小娘子以为我是来得的？
阎惜姣	官人以为来得，便是来得。
张文远	来得，来得！既是如此，我明日来吃好茶哩！
	（唱）寻芳忘归，
	故人门楣。
	沉鱼落雁，
	比翼同谁。
	茶香引得老饕客，
	狂蝶起，舞纷飞，
	谁摘新蕊在深闺。

【张文远大笑下。

第三折　杀惜

【宋江上。

宋　江	方才那王婆前来，与我说了许多私事。我好心收留那阎氏母女，不想她、她、她……她竟私通外人！罢了，既非父母之命媒妁之言，我从此再不上门便是！

【阎婆上。

阎　婆	宋相公！

宋　江		你怎在此？
阎　婆		数日不见相公，宋相公何不回来走走？
宋　江		县中事忙，没的功夫。
阎　婆		忙是忙的，不信如此。
宋　江		县中啊。

（唱）【粉孩儿】

匆匆的案如山旁午甚。

怎偷闲顷刻晏然安寝？

阎　婆　（唱）齐眉举案岑寂深，

倚纱窗望眼含颦。

宋相公，我女儿在家可是盼你得紧啊。相公好歹也去顾盼一眼才是。

宋　江　（向阎婆）妈妈，你先回去，我到衙门里完了公事就回。

阎　婆　一定要来啊。

宋　江　你且放心。

阎　婆　（去而又返）宋相公留步！

宋　江　又是怎么？

阎　婆　老身细想，相公事务缠身，若是去了，又不知哪日得闲，不如一同回去。

宋　江　这……

阎　婆　纵是女儿不好，也须看我薄面。

宋　江　罢了！我倒要看看王婆所说，到底是真是假！

（唱）厌芳尘却趁高车，

恰闪得鸳瓦霜冷。

阎　婆　相公且坐，我儿这便来迎。（上楼）哎呀！我若说宋相公在此，我儿未必肯来。有了！女儿！

幕　内	母亲何事唤我？	
阎　婆	你心爱的三郎在此，还不快些出来！
幕　内	吓，我正纳罕他为何数日不来，母亲先代我打他几下，待我梳妆完毕，出来细细问他！
阎　婆	（笑介）相公你可听见？
宋　江	既是如此，我便在此等她一等。

【阎惜姣上。

阎惜姣　（唱）【福马郎】
　　　　闪得霜闱，倩谁顾问，
　　　　负芙蓉，
　　　　香傍鸳鸯暝，
　　　　真薄幸。
　　　　三郎啊三郎，你可算来了！

宋　江　……娘子盛情。

阎惜姣　啐，我道是张三郎，原来是他！
　　　　（唱）看他言无味，面堪憎，
　　　　我藕已断丝系缠绵似葛牵藤。

阎　婆　女儿，宋相公在此，还不上前相见！

阎惜姣　宋三便说宋三，说什么三郎！

阎　婆　嘴硬得很！宋相公不来，你又想他。

阎惜姣　哪个想他！

阎　婆　如今来了，你倒害羞起来。

阎惜姣　早知是他，我便不来了！

阎　婆　吓！休得胡言！
　　　　（唱）【红芍药】
　　　　你收拾了此际，

	还须念旧日鸳盟。
阎惜姣	什么旧日鸳盟!若他念我一分,岂会如此行事!
阎　婆	(轻声)儿吓,我们一家身衣口食,都在他身上耶!
	(唱)你把嘴弄虚脾,
	卖些甜净,
	眼乜斜递些风影。
阎惜姣	要去你去!
阎　婆	女儿,听话哩。
阎惜姣	说破天我也不去!
阎　婆	自古男子让女娘,还是相公来。
宋　江	从未听过如此说话!
阎　婆	看他们一个向东,一个向西,全然不像个夫妻。
	(唱)悠悠浑似陌路人。
	相公也不要怪我女儿,你一向不回,她想你多了,连病也出来了。
阎惜姣	母亲休要胡言!
	(唱)没来由把腰肢受损,
	也只因梦断梨云。
阎　婆	我儿,宋相公公事繁忙,还来抽空看你,你该感恩些才是。
阎惜姣	难道我是他养的猫儿狗儿,喜了便看,不喜便弃不成!
阎　婆	相公,还是你来。
宋　江	强扭的瓜不甜,我还是去了的好。
阎　婆	哎呀,我特地弄他回来,难道就罢了不成!(拉住两人)
宋　江	哪里去?
阎　婆	相公随我来!
阎惜姣	做什么哩?

阎　婆	我儿随我来！（将两人推入房中）待我闭上了门。

（唱）听两两鸳鸯睡稳。

阎惜姣	母亲开门！
宋　江	妈妈开门！
阎　婆	我女儿真正不会做人，若是老身少了二十年岁……罢罢罢，不要说了。
宋　江	（唱）【耍孩儿】

　　倦体欠伸浑欲暝，

　　自觉无聊甚。

　　听帘外秋漏沉沉，

　　寒灯一任你背地里空抛尽，

　　梦蝴蝶栩栩庄周寝。

呀，听醮楼已是三更，想此时县门已闭，不免就在此和衣而睡罢了。

阎惜姣	（偷看介）呀，他竟自睡去了！
宋　江	（探袋介）哎呀呀，这是何物？（拿出介）原来是我的招文袋。需得放好才是！

（唱）呀哈那顾得闲愁闷。

【内打四更】

阎惜姣	（唱）【会河阳】

　　我与他对面无缘、抚心自矜，

　　阴虫切切不堪闻，

　　残灯照我寒衾，

　　与安然泪痕，

　　偏不照情郎影，

　　含桃颗颗在心头滚，

	吞刀寸寸在心头刃。
宋　江	啊呀，天明了。我去了便是！
阎惜姣	住了！
宋　江	你待如何？
阎惜姣	宋公明，你如此待我，便怪不得我对你无情！
宋　江	你自嫁入我门，我将你养得满头珠翠，何曾亏待于你？
阎惜姣	你冷落于我，十天半月不肯登门，是也不是？
宋　江	不错！
阎惜姣	你借口对亡妻情深，行了背妻之事，却不肯娶我过门，是也不是？
宋　江	……不错！
阎惜姣	你施恩我母女，我本是感激，可你却施恩望报，强占于我，是也不是？
宋　江	我……强占于你？
阎惜姣	正是！
宋　江	（大笑介）罢了罢了，我再不登门便是，你不必寻那许多借口。我这便去了！
阎惜姣	住了！待我与你辩个明白！
宋　江	让开！

【宋江下。

阎惜姣　　可笑我母亲，苦苦寻他回来，使我一夜不曾睡得。吓，什么东西把我绊上一跤？原来是那厌物的叫花袋！吓，还有响声！（捡起介）不知什么东西在内？原来是一锭金子！又有一封书信已拆开的，不知写了些什么。待我看来：仰赖恩司得全，首领今栖水泊，深荷高情，聊奉黄金，以谢大恩。公明大恩兄台下，弟晁盖顿首拜。哎呀，我闻得打劫生辰纲的贼首叫晁盖，原来那厌物一向与强盗往来！咳，宋江啊宋江！

（唱）【缕缕金】

　　你甘唾井，

　　恨无因。

　　拾遗非只幸得兼金，

　　你党结梁山泊，

　　反形足证，

　　想天教笯鸟羽凌云，

　　把银瓶落梧井。

你既无情，便莫怪我无义！

【宋江急上】

宋　江　（唱）【越恁好】

　　楚弓遗影，

　　楚弓遗影。

　　虑祸甚关心。

我方才起身匆忙，竟忘了招文袋。那袋里一锭金子是小事，晁保正书信一封事大。况这妮子识得几行字，倘被她看见了，岂不祸至我身！不得不急急转来寻取。（冷介）娘子，可曾看见我的招文袋？

阎惜姣　呀啐，什么招文袋？招的是哪门子的魂啊？

宋　江　吓，我明明忘在此处的。

　　（唱）难道辟沉江叹无凭准。

　　　　好返镐池君？

阎惜姣　你不是说再不上门的么？

宋　江　我取了便走，再不敢来。

阎惜姣　你说的，可是这袋儿么？

宋　江		正是！（伸手欲取）
阎惜姣		确在我处，只是不能给你。
宋　江		娘子差了，我与你是好好的夫妻，来来来，将它还我。
阎惜姣		你平昔做人不好，我偏不还你！
宋　江		娘子大人有大量，来来来，还了我吧！
阎惜姣		我且问你，那袋里可有什么要紧物什？
宋　江		无有什么，只有一锭金子。
阎惜姣		金子么，我要了。
宋　江		娘子要了，我送便是。

　　　　　　（唱）那黄金闪烁堪献芹，
　　　　　　　　　赠伊何吝。

阎惜姣		只有一锭金子？
宋　江		只有一锭金子。
阎惜姣		再无其他？
宋　江		再没有什么了。
阎惜姣		那……这封书信呢？
宋　江		呀，快快还我！
阎惜姣		还你也可，快快与我做个了当！
宋　江		什么叫做了当？
阎惜姣		休书便是了当！
宋　江		哦休书便是了当。
阎惜姣		如何？
宋　江		容易，你把书信还我，我就写休书与你。
阎惜姣		你先写休书，我再还书信。
宋　江		你先还！
阎惜姣		你先写！

宋　江	你还得快，我便写得快。
阎惜姣	痴汉！你写得快，我便还得快！
宋　江	好个写得快还得快！
阎惜姣	你若不写，我便遍告邻里，你与强盗来往！
宋　江	罢了，我写与你便是。
阎惜姣	住了！写便写，中间须要依我一句！
宋　江	休书既写，自然依你。
阎惜姣	要写听凭改嫁。
宋　江	你要改嫁哪一个啊？
阎惜姣	你只管写了便是！
宋　江	休书自然任凭改嫁，你说与我听，也没甚要紧。
阎惜姣	我有把柄在此，怕你不成！你便写，任凭改嫁张三郎便是！
宋　江	哦？任凭改嫁张三郎？（背介）王婆之言，信非谬矣。
阎惜姣	事到如今，我也不必瞒你，张三郎待我，自是好你千倍万倍！
宋　江	拿去！
阎惜姣	这样的休书一千张也没用。
宋　江	休书怎说没用？
阎惜姣	无有手印！
宋　江	倒是个老在行！
阎惜姣	岂能容你耍诈！
宋　江	大丈夫打得上，撇得下。我就打个与你，拿去吧！
阎惜姣	好有志气，这便才是。
宋　江	住了！
阎惜姣	怎么？
宋　江	哪里去？

阎惜姣	到母亲房中去睡吓。	
宋　江	睡吓?	
阎惜姣	是啊。	
宋　江	好受用啊。	
阎惜姣	受用惯的。	
宋　江	你方才说的写得快还的快呢?	
阎惜姣	痴汉!我那是哄你的!	
宋　江	哄我的?	
阎惜姣	你当真想要这袋儿?	
宋　江	自然吓。	
阎惜姣	除非到郓城县太爷处当堂交付与你!	
宋　江	要到郓城县太爷处当……当……当堂交付与我?	
阎惜姣	是啊。	
宋　江	袋儿还我!	
阎惜姣	我偏不!	
宋　江	我今日就要!	
阎惜姣	我偏偏不给!	
宋　江	妮子啊,你可莫要淘气啊!	
阎惜姣	我不怕你!	
宋　江	你当真不还?	
阎惜姣	不还又如何?	
宋　江	你果真不还?	
阎惜姣	你还敢杀了我不成?	
宋　江	我就杀你!	
阎惜姣	哎呀宋江杀人啦!	
宋　江	(唱)【红绣鞋】	

　　　　　　　手儿内光闪闪锋难近，

　　　　　　　心儿里气愤愤情难忍，

　　　　　　　一朝血溅红裙。

|阎惜姣|哎呀！宋公明，你果真不念些鸳鸯前盟么？

宋　江　事到如今，万事已迟！

　　　　（唱）一时粉碎青萍。

阎惜姣　哎呀！你欺我母女，强占于我，当真一无悔意？

宋　江　我何曾强占于你，若非你母亲反复劝说，我岂会答应这门婚事！

阎惜姣　……竟是如此！

宋　江　狗淫妇，你便死了好！

　　　　（唱）把骸骨覆罗衾，

　　　　　　　把鱼雁袋招文，

　　　　　　　把屐履出柴门。

阎　婆　相公为何这般光景？

宋　江　你女儿不好。

阎　婆　女儿不好看老身份上。

宋　江　看你份上杀了。

阎　婆　相公休要说笑。

宋　江　你去看看便知。

阎　婆　哎呀儿啊！

宋　江　你敢哭！

阎　婆　我不哭，我不哭。

宋　江　可杀得是？

阎　婆　杀得是。

宋　江　杀得不差？

阎　婆		杀得不差。
宋　江		这便是了。
阎　婆		相公！好歹夫妻一场，买口棺木盛殓了她吧！
宋　江		拿去！
阎　婆		我儿不在，我一暮年之人，该去投哪个哟！

（唱）今朝相吊怜孤影，

　　　谁伴我桑榆暮。

宋　江		拿去！
阎　婆		多谢相公！
宋　江		妈妈你可有歹心？
阎　婆		没有歹心。
宋　江		可有歹意？
阎　婆		没有歹意。
宋　江		好，既是如此……

（唱）管教你秋草春风老此身。

阎　婆		谢过宋相公。（开门）哎呀，宋江杀人吓！
宋　江		嚜声！
阎　婆		宋江杀人啦！
宋　江		可恶！

【阎婆被宋江追下。

第四折　情勾

【阎惜姣上。

阎惜姣		（唱）【梁州新郎】

马嵬埋玉,

朱楼堕粉。

玉镜鸾空月影。

莫愁敛恨,

枉称南国佳人。

便做医经獭髓,

弦觅鸾胶,

怎济得鄂被炉烟冷。

可怜那章台人去也,

一片尘。

铜雀凄凉起暮云。

听碧落,

箫声隐。

色丝谁续恹恹命。

花不醉,下泉人。

三郎,三郎,你想得我好苦也!(扣门)

张文远	门外似是有人扣门。(内白)来富!得贵!哎呀呀,人都哪里去了?只好让我自家出去个哉!

【张文远打哈欠上。

张文远	摇帘隔窗月,罗绮自相亲。是哪个在门外啊?
阎惜姣	是奴家。
张文远	吓,奴家,奴家!一定是位女客。我张三官人命里进桃花哉,深更半夜还有个女客来寻我。等下,待我问清楚再放进来。喂,你是哪个奴家啊?
阎惜姣	我与你别来不久,难道你连声音也听不出了么?
张文远	是吓,这个声音耳熟得很,只是一时想不起来。

阎惜姣	你且猜一猜。
张文远	欧呦,这个女客竟说让我猜上一猜,我哪里知道!也罢,既是她这么说了,我便猜猜看——
	(唱)【渔灯儿】
	莫不是向坐怀柳下潜身?
阎惜姣	不是!
张文远	(唱)莫不是过男子户外停轮?
阎惜姣	也不是!
张文远	(唱)莫不是红拂私在越府奔?
阎惜姣	都不是!
张文远	(唱)莫不是仙从少室,
	访孝廉封陟飞尘?
阎惜姣	都猜不着。
张文远	我猜的不对,你便告诉我呗。
阎惜姣	你且开了门,自然认识。
张文远	开了门自然认得?
阎惜姣	自然认得。
张文远	好吧,那我就开门了。哎呀,好一阵鬼阵头风。喂,奴家,门开了,里面请哉!咦,人呢?
阎惜姣	奴家在这里。
张文远	哎呀,我晓得了,必是有人听说我张三官人喜欢讨女客欢喜,所以才捏着个鼻子叫奴家。
阎惜姣	三郎说笑了,奴家可是专为你而来呢。
张文远	哎呀,哪里来的泥土气?请问小娘子,你是谁家宅眷,何处娇娥,因何贪夜至此?
阎惜姣	(唱)【锦渔灯】

	我是那怀扼臂薛昭临赠，
张文远	呀，薛家里的昭姐吓！
阎惜姣	（唱）我是那去辽阳丁令还灵，
张文远	呀，好一位丁姐姐！
阎惜姣	哎呀，三郎啊，
	（唱）未能够鹦鹉重逢环玉痕，
	暂临风携将金碗出风尘。
张文远	住了！暂临风携将金碗出风尘。如此说来，莫非你……你~你~你是阎婆惜么？
阎惜姣	正是奴家。
张文远	哎呀小娘子吓！自古冤有头债有主，宋公明杀的你，不关我张三郎事啊——
	（唱）【锦上花】
	你只该向严武索命频，
	怎么倒恨王魁负桂英，
阎惜姣	三郎！你……你不想我来此？
张文远	哎呀，吓煞我也！
	（唱）好似妖娇夜舞欲欺人，
	我不曾招屈子楚些吟，
	又不曾学崔护视敛殷。
	因甚的画图魂返牡丹亭，
	隐现毕方形？
阎惜姣	三郎！你……你果真如此怕我？
张文远	怕得紧啊！
	（唱）【锦中拍】
	你只道是重泉路阴，

　　　　　　　把幽魂沉沦。

　　　　　　　哪晓得鸳鸯性，

　　　　　　　打熬未暝。

　　　　　　　花柳情，

　　　　　　　催颜犹剩。

　　　　　　　恰好的向夜台潜转一灵，

　　　　　　　似云华魂返长寝，

　　　　　　　似倩女魂离鬼门。

　　　　　　　须信道紫玉多情，

　　　　　　　英台含恨，

　　　　　　　因此上背渔灯涉巫岭。

阎惜姣　　三郎，奴家今夜非为索命而来，你不必如此。

张文远　　呀呸！我看见你啊，汗毛都竖起来了！

阎惜姣　　三郎，你且近前，看我容颜比旧时如何？

张文远　　住了！平日里要我看女眷，我是极高兴的，可是今夜你这女鬼头脸，还是不看了。

阎惜姣　　吓，你不看么？

张文远　　不看！

阎惜姣　　前番海誓山盟，今番鸳鸯苦追，你果真不看么？

张文远　　哎呀，这厮伶牙俐齿，倒说得我心中一动！

阎惜姣　　三郎，奴家千娇百媚，都只为你一人，你当真不看么？

张文远　　罢了罢了，听她说得如此可怜，少不得我拨来一看！哎呀妙啊，看小娘子的容颜比在生时越发标志了！

　　　　　　（唱）【镜后拍】

　　　　　　　觑着恁俏庞儿宛如生。

阎惜姣　　三郎！奴家心心念念，都盼着你哩！

| 张文远 | 哎呀妙啊—— |

（唱）听他娇吐依然旧莺声。

看子今夜头个光景，勿要说是活个，就是死个没也何妨吓——

（唱）打动我往常逸兴。

阎惜姣	三郎！奴家心心念念，都想着你哩！
张文远	你这手脚冰冷，正好给我降降温！
阎惜姣	三郎！奴家如此望你，你可念着奴家？
张文远	小娘子如此切切盼我，可知我也是切切盼你哩！

（唱）可记得银蜡下和你鸾交凤滚，

向纱窗重拥麝兰衾。

仿佛听鼓瑟湘灵隐隐，

真个是春蚕丝到死浑未尽。

吓小娘子，还记得那时我与你借茶吃的光景么？

阎惜姣	怎么不记得。
张文远	那你说说看呢。
阎惜姣	想那日里呵——

（唱）【骂玉郎】

小立春风倚画屏，

好似萍无蒂，柏有心。

珊瑚鞭指填衡门，

乞香茗，

我因此上卖眼传情。

慕虹霓盟心，

蹉跎杏雨梨云，

致蜂愁蝶昏。

痛杀那牵丝脱纤，

　　　　　　只落得捣床捶枕。

　　　　　　我方才呃李寻桃，

　　　　　　便香销粉褪，

　　　　　　玉碎珠沉。

　　　　　　浣沙溪，

　　　　　　鹦鹉洲，

　　　　　　夜鏖阴阴。

　　　　　　今日里羡梁山和你鸳鸯塚并。

张文远　　说得我好伤心也！

　　　　（唱）【前腔】

　　　　　　想李代桃僵翻误身。

我好恨啊！

阎惜姣　　敢是恨我么？

张文远　　怎敢恨小娘子！

阎惜姣　　那是恨哪个？

张文远　　我恨那宋公明不念旧情将你了断，更恨那王婆老贱人——

　　　　（唱）恨他翻为雨覆作云，

　　　　　　可怜红粉付青萍。

我那日在公衙内，闻得小娘子的凶信，足足哭了个三天三夜哉——

　　　　（唱）我泪沾襟，

　　　　　　好一似膏火生心。

　　　　　　苦时时自焚。

　　　　　　正捱剩枕残衾，

　　　　　　值飞琼降临。

　　　　　　骤道是山魈现形，

又道是鹍弦泄恨。

把一个震耳惊眸,

荡情怡性,动魄飞魂。

赋高堂向阳台雨渥云深,

又何异那些时和你鹣鹣影并。

阎惜姣　　既是如此,三郎可愿随我走?

张文远　　随你……走?

阎惜姣　　随我鸳鸯成对,双宿双飞!

张文远　　随你鸳鸯成对,双宿双飞?

阎惜姣　　正是!

(唱)【尾声】

何须鹏鸟来相窘,

效于飞双双入冥。

张文远　　来富!得贵!速来救我!(欲走,被阎惜姣缠住)

阎惜姣　　三郎!奴与郎君,一双人儿,生生死死,再不分离!

(唱)才得个九地含胪,

鸳鸯塚安然寝。

【两人同下。

【剧终】

【大型戏曲剧本】

五纬当官

人　物

刘五纬　字梦凰，无锡县令，老生

朱七巧　刘五纬之妻，正旦

沈三元　名沈约，刘五纬好友，副净

老　白　本名蒋之白，沈约外甥，县衙皂隶，穷生

老　黑　县衙皂隶，丑

吴师爷　曹知府属官，末

沈　衡　沈府管家，娃娃生

左光斗　刘五纬恩师，大官生

族老甲

族老乙

裴氏

村民若干

皂隶若干

场次

楔子

第一场　赴任

第二场　索银

第三场　观竹

第四场　问灵

第五场　庙别

楔子

【明天启年间。

【少年刘五纬师从左光斗读书。

左光斗　　治国之要,在于法度。法度行,则奖善罚恶,上行下效,国家昌荣;法度不行,则党同伐异,各行其是,祸乱国家。君子不可不慎之!

刘五纬　　老师,倘若为国为民,有不得不为之事,谨守法度难以成功,又当如何?

左光斗　　法,乃为政之本,一夕失效,则国家丧乱之日不远矣。虽有不得不为之事,亦有不能不赎之过!以身护国,以身卫法,君子其勉之!

刘五纬　　学生明白了。

左光斗　　此笔乃我亲手所制,如今赠你,愿你早日成为国家栋梁,荡涤这昏暗乾坤,匡扶这将倾之厦!

刘五纬　　多谢老师!

第一场　赴任

【明天启年间。

【无锡集市街道。

【老白牵驴上。

老　白　（念）衙门口，朝南开，有理没钱你莫进来。拖你三年与五载，黑头也变满头白……听说这新上任的县太爷，乃是四川万县人，姓刘名五纬，平生最喜驴叫。驴儿驴儿，你可要替我好生伺候大人！

【老黑上。

老　黑　好你个老白，新任县太爷马上就要到任，你却在这里逍遥快活！

老　白　老黑，你这么说可就不对了，我这还不是为了讨新来的县太爷欢心嘛。

【裴氏上场，拉住老白不放。

裴　氏　求差役大哥将驴还我！

老　白　买卖已讫，哪里还是你家的？

裴　氏　卖驴乃是为了救我相公的性命，大人一文不给，叫民妇如何交代？

老　白　竟敢诬告公差！看我不把你抓回县衙！

老　黑　（拦住老白）罢了罢了，这驴既是她家救命钱，你便另寻一头罢了，何必非同她计较！

老　白　另寻一头？

老　黑　另寻一头！

老　白　也罢，便饶过你吧！

裴　氏	多谢大人！
老　白	这另一头驴哪里去寻？
老　黑	你看，驴来了！

【裴氏下。

【刘五纬与朱七巧上。

刘五纬	（唱）新官上任正七品，
	毛驴一头赶路忙。
	太湖侧畔风光好，
	江南春色酣梦长。
	花开红日千般艳，
	绿水荡波竹映墙。
	人生能有几甲子，
	报与海棠春同放？
朱七巧	（唱）圣旨一封迁无锡，
	千山万水赶路忙。
	无限春风生百媚，
	一方水土养栋梁。
	世人皆道江南好，
	我道江南——
刘五纬	什么？
朱七巧	（唱）我道江南第二乡！
刘五纬	（笑）夫人英明！
朱七巧	此处已是无锡县市集，还有一炷香的功夫，我们便可到达县衙了。
刘五纬	不急。（下轿）我们且在这市集逛他一逛。
朱七巧	也好！

【老白、老黑上前拦住刘、朱夫妇。

老　白	下来！
朱七巧	何人如此无礼？
老　白	我二人乃是本地县衙衙役，现需借你家驴一用！
朱七巧	借是可借，何时归还？
老　白	何时归还？哈哈，猴年马月！

【老白欲牵驴走。

刘五纬	站住！
老　白	你是何人？
刘五纬	在下粗鄙之人，只有一件长处。
老　白	何等长处？
刘五纬	上知三百年，下知三百年，能断吉凶，能知祸福！
老　白	如此说来，倒是个活神仙了？
刘五纬	不敢！
老　白	既是神仙，我倒有事情要请教请教！
刘五纬	请说！
老　白	不知这新任县令，究竟是何等人物？
刘五纬	你算是问对人了！

（唱）亦庄亦谐亦自嘲，

　　　非魔非妖亦非道。

　　　三杯五岳倒为轻，

　　　两声驴叫伴朝朝。

　　　天地往来皆是客，

　　　独有此人最逍遥！

此人好酒，爱听驴叫，颇有些魏晋之际名士的风度。

老　白	倒还真有几分本事！你再说说看，我官运如何啊？

刘五纬	我看你印堂发黑，面带凶相，怕是要不好啊！
老　黑	休得胡言！
老　白	可有破解之法？
刘五纬	我有一方，可解你官运困厄！
老　白	先生请说！
刘五纬	（唱）世事纷乱无定数，
	暗潮汹涌官场处。
	唯有药方汤一剂，
	神清气爽通前路。
	三钱正气养精神，
	三分傲骨竖梁柱。
	四钱才识巧为用，
	能辨疑难识今古。
	一钱赤胆藏心间，
	一心为公不糊涂。
	更有七钱为百姓，
	官民同心道不殊！
	这一副汤药，便是一两五钱，我与你开来如何？
老　白	这样的官，连白粥都吃不上！谈何官运！
刘五纬	公道自在人心，岂是一时之上下可左右的？
老　白	何必多言，牵驴要紧！（拉驴，驴不动，试了多次，被驴踢倒在一边）哎呦！
老　黑	左边！右边！不对，后面！
刘五纬	岂不闻驴也有大脾气？
老　白	好个刁民！竟敢笑我！说吧，你这驴到底是偷来的还是抢来的？

刘五玮　　不偷不抢，来路正当！

老　白　　我看这驴像极了老张家丢的那一头，怕是你作奸犯科，偷了他的！走！这人，这驴，都给我带回县衙！

老　黑　　（犹豫地）这样不好吧？

老　白　　你若是不肯帮忙，就不是我兄弟！

朱七巧　　无锡县天子疆土，你们这样欺人，就不怕受到责罚吗？

老　白　　这位大嫂，这你就不懂了吧！

（唱）天下乌鸦一般黑，

　　　官场贪吏一箩筐。

　　　莫道世事无贤良，

　　　贤良也需买衣裳！

朱七巧　　难道这天下之大，竟无一人愿意主持公道？

老　白　　（唱）剥罢民皮剥民骨，

　　　民脂民膏尽收容。

　　　天高三尺抬头问，

　　　地少三尺入囊中！

刘五纬　　虽非贤良，倒是个直率之人！

老　黑　　这无锡县虽是富庶江南，却奈何水患频发，百姓苦不堪言。若非如此，我们兄弟也不至于非要借你的驴一用！

刘五纬　　水患频发？

老　黑　　无锡县西北的芙蓉圩低洼积水，天授、青城、万安三乡几乎年年遭灾。不然又岂会有如此之多的灾民！

刘五纬　　原来如此！水患一事，关乎民生，就无人修整吗？

老　黑　　县太爷忙着巴结九千岁，哪里有时间管这个！更何况修堤筑坝，需花费许多银两，我无锡县衙府库早已被掏空，除了漕运衙门寄存在此处的五万两银子，哪里还有闲钱！

老　白	（有意打断）老黑，日已过午，你我还是早些赶回衙门去为妙！
老　黑	是了，是了，（跟着白走）可是这驴……
老　白	牵不走……我便骑着走！（试图骑驴，被驴甩下）
朱七巧	你这就叫偷鸡不成蚀把米！
老　白	好啊，我就不信这驴我还牵不走了！老黑，快来帮忙！
老　黑	怎么帮忙？
老　白	你与我将此驴抬回衙门！
老　黑	啊？抬回去？
老　白	抬回去！
刘五纬	好个蒋之白！
老　白	（大惊失色）你怎知道我的名字？
刘五纬	我不单知道你是蒋之白，我还知道你的舅父就是闻名江南的名士沈三元！
老　白	你到底是何人？
刘五纬	你果真想知？
老　白	怕你不成！
刘五纬	在下姓刘名五纬，正是你无锡县新任县令！
老　白	呀！
老　黑	这下可算是撞到冤家了！
老　白	可有凭据？
刘五纬	官印在此！
朱七巧	你二人方才欺压百姓，该当何罪？
老　黑	大人息怒！我有一言，说与大人听！
	（念）南城王家来分田，
	北城谢府来要钱。

百姓伸冤到县衙，

县衙门前泪涟涟。

县官有苦说不出，

县吏有泪肚里咽。

有道是，

王家朝中有翰林，

谢家朝中有宰辅，

官高一品压死人，

轻易得罪要匍匐。

县官出门眉头皱，

衙役出门皱眉头，

上下个个无计使，

以官压民帮把手！

朱七巧	倒是有张好嘴！
刘五纬	你倒是说说，你所说的王、谢，到底是何人家？
老 黑	这……
老 白	（悄声地）说了要死，不说说不定不会死！
刘五纬	若待我查问，罪加一等！
老 黑	老白救我！
老 白	你个没出息的！大人，我等小吏，不过是仰人鼻息罢了，还请大人恕罪！
老 黑	大人息怒！请听我一言。
刘五纬	你且说来！
老 黑	冰冻三尺，非一日之寒。吏治如此，也非一日之功，若是大人有心……
刘五纬	如何？

老　黑	我等愿追随大人，重塑这无锡水土！
老　白	老黑你……
刘五纬	说得好！这无锡的水患，我管定了！

【幕落。

第二场　索银

【无锡县衙内衙。

【老白端饭菜上。

| 老　白 | 这位刘大人到了县衙，倒真个是新官上任三把火，处处都是新气象。只是有句俗话说得好：开头容易，坚持不易，老白我也是送走了三任知县的衙役，我倒要看看这位刘大人是真清官还是假清官！大人！大人！咦，大人到底去哪儿了，待我去寻他一寻！ |

【刘五纬在勘测地图。

刘五纬	（唱）一笔一划心中记，
	一方一寸步履量。
	实地勘测得方案，
	誓将水祸为民挡。
	禹过家门三不入，
	不治水患不还乡！
老　白	大人，夫人给您熬的粥来了！
刘五纬	放那儿吧。
老　白	夫人叮嘱，定要我看着大人吃下去！
刘五纬	（笑）怎么？

老　　白	谁让大人老是工作到深夜，却总是水米不进！
刘五纬	我吩咐的事情，你办妥了吗？
老　　白	大人放心，您的吩咐我都已经照办了！只是有一件……
刘五纬	讲来！
老　　白	曹知府要府中各县为九千岁建生祠供奉，上次虽已按大人的吩咐搪塞过去，可是……
刘五纬	若建生祠，又到哪里去找银子修堤？
老　　白	话虽如此，可是……
刘五纬	曹知府不肯拨银子，然而堤坝又不得不修，如今别无他法，也只能博上一博了！

【老黑上。

老　　黑	大人，不好了，有一人自称曹知府门下吴师爷，已到县衙门口，嚷嚷着要大人前去迎接！
老　　白	岂有此理，大人好歹也是一县父母官，他岂可如此无礼！
刘五纬	来得好！本官也正想会他一会！
老　　黑	吴师爷此来必无好事，大人还是先想想如何应对为好！
老　　白	兵来将挡，水来土掩！
老　　黑	曹知府手握大权，若是平生变故，只怕修堤之事……
刘五纬	端的如何？
老　　黑	怕是难成！
刘五纬	小心应对便是！
老　　白	大人，他们已来了！

【吴师爷及侍从上。

刘五纬	下官迎接来迟，还请吴师爷恕罪！
吴师爷	刘县令，今日我奉曹知府之命，特来拜会！
刘五纬	吴师爷远来辛苦，请上座！

吴师爷	客气倒不必,不知修建九千岁生祠的五万两银子,您可准备好了?
刘五纬	五万两银子?
吴师爷	刘大人莫不是贵人多忘事,把此事忘了不成?
刘五纬	银子之事,事关知府与千岁,下官岂敢忘记?只是下官遇上一件难事,实是无可奈何。
吴师爷	何种难事?
刘五纬	下官本已备好银子上交知府,怎奈遇到一桩奇案,银子竟不见了!
吴师爷	不见了?
刘五纬	正是!
吴师爷	刘大人莫不是在与我开玩笑?
刘五纬	实非玩笑,事情蹊跷,下官也正在审理之中。

【吴师爷大笑。

刘五纬	师爷这是何意?
吴师爷	我听闻刘大人正要重筑锡城堤坝?
刘五纬	……正是!
吴师爷	刘县令修堤的银子可筹好了?
刘五纬	这……
吴师爷	修筑堤坝用银五万两,修筑九千岁生祠亦需用银五万两,生祠银子没了,修筑堤坝的银子可还在?
刘五纬	……不可!
吴师爷	刘县令果然是聪明人。
刘五纬	银子之事,下官自会另想办法……
吴师爷	难道刘大人还有更好的办法?
刘五纬	这……

吴师爷　　刘县令，可莫怪我没有提醒你，这修堤筑坝的银子可以丢，修建九千岁生祠的银子可不能丢！

（唱）官字两口可吃人，

　　　官大一级压死人。

　　　平民孺子如蝼蚁，

　　　千岁一怒星落尘。

刘五纬　　（唱）黑白明却颠倒是非对错，

　　　权柄重岂能容囫囵糊涂。

　　　抬头望，

　　　朗朗乾坤，日照当涂，

　　　安能效，

　　　蛇鼠一窝，万民同窟！

　　　虎狼在前，

　　　槛内人需细思徐图；

　　　腹有乾坤，

　　　怜众生胜造一浮屠。

　　　师爷容秉！

吴师爷　　讲来！

刘五纬　　既是要孝敬九千岁，自然不能等闲待之。各地为九千岁修生祠者为数众多，依下官看来……

吴师爷　　依你看来如何？

刘五纬　　此番修祠之举，实非明智！

吴师爷　　哦，修祠之举，实非明智？

刘五纬　　不错！

吴师爷　　那依刘县令，有何妙法？

刘五纬　　依下官看来，修建生祠不若为九千岁积善存德。

吴师爷	这善如何积,这德又如何存呢?
刘五纬	修筑水利,改善民生,百姓自当感念九千岁与曹知府恩德! (唱)修堤坝利在千秋, 　　　解民忧万人赞颂。 　　　一念成魔一念佛, 　　　积善之家福禄重。 　　　生祠供奉数十载, 　　　人间百年笑谈中。 　　　富贵已极何惜此, 　　　他年冷食显更荣。
吴师爷	刘县令当真是……
刘五纬	端的如何?
吴师爷	我纵横官场数十年,还未曾见过如此天真之人!
刘五纬	天真……
吴师爷	刘县令,我已知你心意,你左右推搪,不过是为了留下这五万两银子罢了!堂堂无锡县令,没想到竟是个钱眼里的泼皮!
刘五纬	(唱)世人皆知神仙好, 　　　唯有金银忘不了。 　　　有钱能使鬼推磨, 　　　富贵闲人生到老。 　　　无钱浪里弄潮儿, 　　　辛苦到头无温饱。 　　　这正是, 　　　富贵易骄, 　　　贫者哀号,

人间不平，

唯钱是扰！

吴师爷　　区区五万两而已，刘县令何苦如此舍不得？

刘五纬　　区区五万两而已，吴师爷何苦如此相逼？

吴师爷　　刘县令，你当真以为你能保得住这五万两银子？

刘五纬　　……下官愿尽力一试！

吴师爷　　刘县令，修筑堤坝和修建生祠，在你心中孰轻孰重，你可想明白了！

刘五纬　　……多谢师爷提醒，下官自有计较！

吴师爷　　好！好！好……你是个铁骨硬汉，你为民请命，他日无路可投之时，可莫要怪我！

刘五纬　　（唱）怒火升火辣辣痛灼心扉，

鬼神笑恶狠狠胆战心惊。

天也怜，魑魅魍魉，

踏破人间再难宁；

地也怜，鬼怪蛇神，

吞吐膏血化人形。

好江南太湖美景接天碧，

岂忍有恶贯满盈恣横行。

为父母儿女之痛如身受，

掌一方誓将灾患为民当。

吴师爷　　刘五纬，你果真不交这银子？

刘五纬　　……请恕下官不能从命！

吴师爷　　刘县令，我敬你是条汉子，你可知若一意孤行，会有何等结果？

刘五纬　　愿闻其详！

吴师爷	若你一意孤行，必当生亦不能，死亦不能！
刘五纬	……生亦不能，死亦不能？
吴师爷	生则声名尽毁，亲族避让；死则埋骨他乡，无处归葬！
刘五纬	……悲凉若此！
吴师爷	刘县令龙凤之姿，诗书满腹，何苦为了这点儿无关于己的事情毁了大好前程！
刘五纬	刘某为官，不为平步青云，修堤一事事关百姓身家，我为一县父母，岂可说是"无关于己"？
吴师爷	刘县令，我言尽于此，你好自为之吧！来人，去府库提银！
刘五纬	师爷留步！
吴师爷	刘县令，若你今日拦下了我，便是与九千岁和曹知府为敌，到时莫说是修堤，怕是连你这县令，也要做到头了！
刘五纬	我刘五纬岂是贪生怕死之人！
吴师爷	贪生怕死倒也未必，只是所谋之事件件成空，所护之人尽为尘埃，人生在世，岂不悲哉！
刘五纬	（唱）恁猖狂，
	狐假虎威欺人心，
	实难判，
	黑白分明却难明。
	虎狼在前豺狼吠，
	谁堪丹心换丹青。
	以卵击石难为继，
	飞鸟投林偏逢阴。
	五纬我一时难把心儿静，
	竟不知何去何从何依何凭。
老　白	大人您在犹豫什么？官大一级压死人，您何必同顶头上司过

	不去！
吴师爷	今日之事，刘大人自当知道要怎么做，何须旁人提醒！
刘五纬	（唱）魂激荡，
	心难定，
	错错对对、对对错错，
	桩桩件件意难平。
	欲逐青天天不见，
	欲下江河舟难行。
	人为刀俎我鱼肉，
	销魂断骨难为听。
	堤坝不成百姓惶，
	生祠难建更难停。
	一片冰心谁人见，
	可怜明月照汗青。
老　白	大人，保命要紧啊！贪恋权位，也不丢人！
老　黑	大人！
刘五纬	我非是贪恋权位，只是……
老　白	只是什么？
刘五纬	只是……
吴师爷	只是所谋之事未成，这官怕是还丢不得吧！
刘五纬	老黑、老白，放他们走！
老　黑	大人！
吴师爷	多谢！告辞！

【吴师爷及侍从下。

老　白	大人，曹知府是九千岁的人，您可万万得罪不得！
老　黑	可是没了这些银子，这堤坝还怎么修？

刘五纬	……退下！
老　黑	大人！
老　白	大人！
刘五纬	……让我一个人静一会儿。

【老黑老白下。朱七巧上。

刘五纬	夫人，你怎么来了？
朱七巧	我为老爷，来送一物。
刘五纬	何物？
朱七巧	一支断笔！
刘五纬	一支断笔？
朱七巧	正是！
刘五纬	当年我与沈三元同赴科考，听闻恩师左御史全家为魏忠贤所杀，遂投笔弃考，将此笔断为两截！
朱七巧	当年刘郎，何等意气昂扬！
刘五纬	今日刘郎，卑躬屈膝，战战兢兢。
朱七巧	奴观冷眼，尚知不易，君处其中，难辞苦辛！
刘五纬	嫁我为妻，夫人可曾后悔？
朱七巧	出山为官，老爷可曾后悔？
刘五纬	求仁得仁，又复何怨！
朱七巧	沈家天下首富，郎君既无他策，何不前往求助？
刘五纬	……无颜对之！
朱七巧	郎君因何避世、因何出仕，何不说与沈三元听？
刘五纬	……切莫再提！
朱七巧	郎君心念故友十载，难道果真忍心再不相见么？
刘五纬	这……
朱七巧	郎君，世事无常，别过梁溪，再会之日，便不知是何时了！

刘五纬	……也罢!明日便去!	
朱七巧	妾身这就收拾!	

【朱七巧下。

刘五纬	沈兄,不知那旧院桃花,还剩的花开几重?

【幕落。

第三场　观竹

【沈府。

【沈三元左手与右手对弈。

【沈府家人沈衡上。

沈　衡	老爷!
沈三元	来的正好,沈衡,快来陪我下棋。
沈　衡	下棋?
沈三元	对啊,此等天气,正宜下棋。
沈　衡	棋无对手,岂不无趣。
沈三元	谁说没有,你不是在这里吗?
沈　衡	沈衡不敢陪老爷下棋。
沈三元	为何?
沈　衡	二人对弈,讲究的是一个志趣相投、棋逢对手,沈衡岂敢充大!
沈三元	好你个沈衡!倒像是我肚里的蛔虫!
	(唱)棋盘之上见寂寥,
	左右互博恁乖张。
	人潮如涌千万过,

> 无人可与话农桑。
>
> 忆昔同游对弈时，
>
> 曲水流觞波心荡。

沈　衡　沈衡虽不能陪老爷下棋，却有一人可以陪老爷下棋。

沈三元　何人？

沈　衡　此人正静候在外，求见老爷。

沈三元　竟是何人？

沈　衡　来人自知老爷不会相见，命我呈上一样东西。

沈三元　你是收了来人多少银子，竟然如此为他说话？

沈　衡　沈衡非为来人，而是为了老爷！

沈三元　为我？

沈　衡　老爷无人对弈，岂不寂寞？

沈三元　……孺子多事！

沈　衡　老爷请看！（揭开）

沈三元　这笔……

沈　衡　老爷认得？

沈三元　当年我与刘五纬同赴科考，他听闻左御史全家为魏忠贤所杀，投笔弃考，将此笔断为两截！

沈　衡　如此说来，那人是……

沈三元　不见！

沈　衡　既是老友，老爷为何不见？

沈三元　虽是老友，道已不同。不必再见！

沈　衡　可是……

沈三元　可是什么？

沈　衡　可是来人傻等门外，已经一个时辰，老爷果真不见么？

沈三元　他……他……他……他竟已到门外了吗？

沈　衡	不错！	
沈三元	……也罢！你便带他到竹林，歇息片刻。	
沈　衡	歇息片刻？	
沈三元	歇息片刻，我随后便来。	
沈　衡	谨遵老爷吩咐！	

【沈衡引刘五纬上。沈三元下。

刘五纬　（唱）转过曲径是厅堂，
　　　　　　　亭台楼阁尽眼前。
　　　　　　　翠叶雕成万千碧，
　　　　　　　玉骨婆娑疏影间。

　　　　此处竟是郁郁葱葱一片竹林，倒似旧日我与沈兄读书之所！

沈　衡　　先生歇息片刻，我家老爷随后便到。

刘五纬　　有劳了！

　　　　（唱）再入此门心忐忑，
　　　　　　　旧事如尘忆年年。

【沈三元上。

沈三元　　咳！咳！咳！

刘五纬　　沈兄！

沈三元　　刘县令大驾光临，有失远迎。

刘五纬　　（皱眉）沈兄客气了。

沈三元　　听闻刘县令乃当世翘楚，人中龙凤，想必为了上任无锡县，也费了许多功夫吧。

刘五纬　　沈兄这是何意？

沈三元　　今日刘县令登门造访，府中别无可观，只有这一片竹林，或可一赏。刘县令，可愿与我共赏？

刘五纬　　敢不相随。

沈三元	人言"梅、兰、竹、菊"为四君子,刘县令可知这竹为何种君子?
刘五纬	愿闻其详!
沈三元	(唱)竹有千节不曾亏, 　　　　立根原在峭岩中。 　　　　一肩担尽万古愁, 　　　　任尔东西南北风。
刘五纬	受教了!
沈三元	你可知这竹还有四德?
刘五纬	四德?
沈三元	不错!四德者,乃"固、直、空、贞"四字也! (唱)心本至坚无动摇, 　　　　皎皎君子玉山临。 　　　　虚怀若谷洞天下, 　　　　莫失莫忘终有信。
刘五纬	好个四德!
沈三元	刘县令就没有什么想说的吗?
刘五纬	这一片竹林好似你我追随恩师读书之所,不由令人想起旧事!
沈三元	(转怒)来人,送客!
刘五纬	这是何故?
沈三元	竹乃君子,当与君子同赏,汝为何人,胆敢来此!我恩师左光斗没有你这样的学生!
刘五纬	这…… (唱)昨日是高山流水管鲍之交,
沈三元	(唱)今日是楚河汉界泾渭分明。

刘五纬	（唱）心中事平生愿未变分毫,
沈三元	（唱）眼前人脚下路已隔冥冥。
	你可还记得十年之前，你我于京城分别之时，如何约定?
刘五纬	自然记得!
沈三元	我还以为你官场得意，已经忘记了呢!
刘五纬	哪里会忘记!
	（唱）十年之约牢相记,
	点滴在心心戚戚。
沈三元	（唱）十年之约不曾忘,
	奈何人心已离离!
刘五纬	（唱）约定那,
	许身为国、誓将乾坤复位移;
沈三元	（唱）约定那,
	浑浊之世、隐而不出效阮籍。
刘五纬	（唱）乾坤晦暗无宁日,
沈三元	（唱）阉党当朝君权移。
刘五纬	（唱）国运飘萍风雨间,
沈三元	（唱）君子洁身需自惜。
刘五纬	（唱）同舟还需同心济,
沈三元	（唱）沆瀣一气我不依!
	我本以为你是我之知己，没想到你竟然甘心屈就，做这阉党的官!
刘五纬	千错万错，都是刘某的错，此番，只求沈兄慷慨解囊!
	（唱）求沈兄菩萨心肠施银两,
	莫把我一片真心作无情!
沈三元	哈哈哈，原来刘县令是来打秋风的。

刘五纬	……确是如此。
沈三元	当年刘五纬大骂阉党,断笔弃考,是何等风采!不想今日,竟为了银钱之事,低三下四,跪地求人!
刘五纬	……求沈兄成全!
沈三元	你给我站起来!
刘五纬	沈兄……
沈三元	我认识的刘五纬,天不怕地不怕,乃是人间第一等逍遥人,怎么会是你现在这个样子!
刘五纬	我……
沈三元	当日你断笔而去,我本以为你再不会执迷官场,却不想你却为了这一点点权势,毁了你的逍遥和自由!
刘五纬	……非也。
沈三元	非也?你可还记得与我约定过什么?
刘五纬	……当日我言"愿效嵇阮,隐而不出,人间相伴,逍遥自守!"
沈三元	不错!可你做到了吗?
刘五纬	……我食言了。
沈三元	你不顾百姓死活,将修堤之银献与曹知府,我沈约没有你这样的朋友!
刘五纬	沈兄!
沈三元	你左右不过贪恋这权位,可知天道冥冥,疏而不漏?
刘五纬	沈兄,刘某再度出山,不是为了自己,而是为了……
沈三元	好一张巧嘴!可你我情义已断,再无话可说!
刘五纬	沈兄!
	(唱)滚烫烫一颗心颤,
	思悠悠两自心伤。

五纬我，

非为贪财非为利，

非为权柄与金杖。

愿将我心剖与君，

血泪满腔丹心藏。

沈兄，你果真以为我刘五纬贪恋权位？

沈三元 难道不是？

刘五纬 你果真以为我献银阉党，是为了攀附权贵？

沈三元 难道不是？

刘五纬 沈兄，我刘五纬可承受这天下一切骂名，却不愿让你误解我！我献银曹知府，确是为了保住我县令之位。可刘某并非是为贪恋权位，而是要以县令之位，解决无锡水患，为百姓撑起一片青天！

沈三元 你……

刘五纬 沈兄既不愿助我，刘某这便告辞！

沈三元 慢着！你手无余银，待要如何？

刘五纬 ……纵是毁尽前途，火中取栗，也当取用库银，筹款修堤！

沈三元 ……竟是如此！

（唱）胸中滚万千巨浪浊浪滔天，

眼中是微凉热血浊泪盈眶。

都怪我，

一叶障目枉自伤，

未曾见，

大道无形身后扬。

刘五纬 沈兄你……你信我？

沈三元 是我愚钝！梦凰，你……你怎么不早些告诉我！你可知外人

	因你献银之事，如何诋毁你？
刘五纬	顾不得许多了。我只求问心无愧，此生无憾！所求之事，不知沈兄你……
沈三元	梦凰借银，是为黎庶，沈约纵是倾其所有，也不敢推辞！只是……
刘五纬	只是？
沈三元	只是五万银两，数目非小，我需与族中长老商议，方可决定。
刘五纬	此恩此德，我代无锡百姓谢过了！
沈三元	梦凰少待，我这便去拜见长老，落实此事！沈衡，去备车马！
沈　衡	是！

【沈衡下。

刘五纬	沈兄……多谢！
沈三元	你我兄弟，再不必言谢！
刘五纬	（唱）心中石陡然落地，
沈三元	（唱）误会消冰雪初融。
刘五纬	（唱）肝胆照，两心齐，
沈三元	（唱）二十载，似梦中，
刘五纬	（唱）此身孤客似飘零，
沈三元	（唱）相逢一笑且从容。

【沈衡上。

沈　衡	老爷，不好了！
沈三元	何事惊慌？
沈　衡	沈家商铺被封了！

【三人面面相觑，幕落。

第四场　祭灵

【西水墩英杰祠。

【老黑上。

老　黑　　我老黑，从小孤儿一个,幸得乡亲们眷顾,吃百家饭长大。可怜这无锡城,年年受灾,多少百姓流离失所。刘大人为筹银日夜奔走,却仍是两手空空。苦也！苦也！无锡城等待多年,方盼来如此一位为民着想的好官,神灵在上,若必有人受此苦楚,老黑愿代大人受过！

【刘五纬醉上。

刘五纬　　(唱)世人皆知神仙好,

　　　　　　　　唯有金银忘不了。

　　　　　　　　有钱能使鬼推磨,

　　　　　　　　富贵闲人生到老。

　　　　　　　　无钱浪里弄潮儿,

　　　　　　　　辛苦到头无温饱。

　　　　　　　　这正是,

　　　　　　　　富贵易骄,

　　　　　　　　贫者哀号,

　　　　　　　　人间不平,

　　　　　　　　唯钱是扰！

　　　　　天也,你何曾垂怜众生！

【老黑上。

老　黑　　我的县太爷,您怎么醉倒在这个地方！(上前欲扶)

刘五纬　　不要扶我！

老　黑	纵是事情不顺，您也不可如此轻贱自己！
刘五纬	修堤筑坝，关乎万民，我身为一县父母，竟无计可施，岂非可悲！
老　黑	曹知府不肯拨银，沈家欲借银不得，大人又能如何？
刘五纬	（唱）七品为官做县令，
	大道在心道不行。
老　黑	大人已然尽力，纵是锡城百姓，亦不会怪罪大人。
刘五纬	纵使他们不怪，我又岂能心安？
	（唱）世事艰难万事难，
	为官最艰民更艰。
	柴米油盐酱醋茶，
	世世代代劳田间。
	天祸人祸苦支撑，
	殷殷切切盼开颜。
	若为父母更堪哀，
	老无所依幼堪怜！
	踉跄之中来到此地，竟不知此地为何处？
老　黑	此地乃运河与梁溪河交界之处，名为太保墩，原本是故太保秦金的别苑。
刘五纬	既是如此，此处怎会有祠堂？
老　黑	大人有所不知，嘉靖时，县令王其勤率领县中百姓抗击倭寇，战死者三十六人，百姓感戴，便在此地立祠供奉。
刘五纬	……竟有此事！
老　黑	夜已深沉，岛上湿滑，大人何不早些回去？
刘五纬	你与我取些灯火，备些薄酒，我要趁着夜色，去祭一祭这先人的亡灵！

老 黑	是！
刘五纬	有劳！
	（唱）树木葱茏竹影深，
	月夜朦胧照我魂。
	波摇影动我心乱，
	只为那，
	只为那愁肠满腹、有苦难言，
	凄凄惨惨、惨惨戚戚，
	冷冷落落的西水墩！
老 黑	大人，俱已备好！
刘五纬	上前带路！
老 黑	这第一幅画像，乃是何五路等义士三十六人，为抗倭入侵，捐弃性命！
刘五纬	先人受我一拜！
	（唱）为家国抛洒热血，
	为苍生肝脑涂地。
	抗倭寇，
	三十六人拔剑起，
	不教他，
	妻女为奴身为厉！
	真义士也！
老 黑	这尊塑像，乃是邑人张守经塑像，此人为筹义兵，散尽家财，方为锡城百姓博得一线生机！
刘五纬	先人受我一拜！
	（唱）为故乡辛苦谋划，
	散家财为救百姓。

    我敬你，

     多谋有断如有灵；

    我敬你，

     言出必行千人英。

  真豪杰也！

老　黑	大人请随我向前。
刘五纬	听闻此处有水仙传说？
老　黑	无锡城水脉纵横，纵有水仙传说，亦不足为奇。
刘五纬	江南吴地，烟雨佳处，泰伯建国，勾践霸吴，方有此繁华之都。
老　黑	依属下看来，成就这无锡城的，非是那泰伯勾践，而是……
刘五纬	而是？
老　黑	而是那万千黎庶，锡城百姓！
刘五纬	……正是此理！

  （唱）太湖鳞波，

    悠悠千载过客；

    是非谁论，

    峰回路转星河。

    试问天下兴亡事，

    存乎百姓取与舍。

    纵有魏阉号千岁，

    百年黄土尽一色。

  我听闻这水仙乃一方神灵，镇守锡城水土，护佑百姓，安康喜乐。

老　黑	确有此说。不过近年水祸频仍，百姓苦不堪言，祭奠这水仙之人便渐渐稀少了。

刘五纬　　哦,便渐渐稀少了。

老　黑　　江南富饶,可怜百姓却要受此煎熬!

刘五纬　　王县令塑像可在前面?

老　黑　　正在这工字殿内!

刘五纬　　带我前去!

【二人进殿。

老　黑　　这位便是王其勤县令了。

刘五纬　　心有忧惧,愧难自当!盗银之事,可乎?不可乎?王县令在上,请受我三杯薄酒!(倒酒)这第一杯,我敬你忠于职守,心无旁骛!

（唱）为官正风雨来犹自镇定,

　　　秉公心不曾移片刻分厘。

老　黑　　大人,我来帮你倒酒!

刘五纬　　这第二杯,我敬你一身是胆,抗倭救国!

（唱）文质彬彬,

　　　偏有那铁骨如椽;

　　　身处下位,

　　　欲求那济世平安。

　　　纵损我,百世功德云烟散;

　　　只求那,生民得所无征战。

老　黑　　从这塑像看来,王县令倒是与大人有七分相像哩。

刘五纬　　这第三杯,我敬你挺身而出,以这血肉为城,护佑百姓无数!若你在天有灵,可否为我做个决断!

（唱）七尺男儿岂能畏虎狼当涂,

　　　万民在后更遑论职责轻重。

　　　宁负此身,人间事了,

　　　　　百年寂寞再从头；

　　　　　火中取栗，谁人嗤笑，

　　　　　是非自有大道公。

老　黑　　怎觉阴风阵阵，长明灯忽明忽灭，不知是何兆头？

刘五玮　　此处长明灯长明不灭，可是有人常来祭扫？

老　黑　　城中人家，十户一组，轮流祭扫，从不断歇！

刘五玮　　无锡百姓，已是艰难，这般坚持，是为哪般？

老　黑　　百姓切盼，好官若此，虽是艰难，每日不绝！

刘五玮　　哎呀呀，竟是如此！

　　　　（唱）神州大地九州望，

　　　　　世事如棋不可量。

　　　　　虎兕龙蛇满朝堂，

　　　　　万马齐喑哀声长。

　　　　　忠奸易辨谁人辨，

　　　　　只手遮天祸未央。

　　　　　国事堪哀谁人哀，

　　　　　白骨积山似狱场。

　　　　　官字上下口两张，

　　　　　吞吐膏血揉民肠。

　　　　　朱门有香酒肉臭，

　　　　　路有嶙峋眼沧桑。

　　　　　难效阮籍吞苦酒，

　　　　　恸哭天下在道旁。

　　　　　我自逍遥众生苦，

　　　　　阉党乱政百姓惶。

　　　　　忍辱负重求为官，

　　　　　　胸怀日月在一方。

　　　　　　且将清名换毁誉，

　　　　　　千斤重担为民杠。

　　　　　　纵将焚身去傲骨，

　　　　　　一身独把滋味尝。

　　　　　　修堤坝利在千秋，

　　　　　　救万民何惜痴枉。

　　　　　　谁人知我心中痛，

　　　　　　谁人解我眼中殇。

　　　　　　谁尽杯中一壶酒，

　　　　　　谁忆少年曾轻狂。

　　　　　　谁人独卧西水上，

　　　　　　谁抱清风入悲凉。

　　　　　　不辞万死为民苦，

　　　　　　再不叫那河流肆虐、黎民遭难、两岸悲凉！

王县令在上，吾刘五玮，欲效汝，舍身为民，许身为国，求王县令在天之灵，护佑我达成所愿，护佑此方百姓，再不受水祸侵扰，千秋万代，安乐康宁！

老　黑　　大人，你……

刘五纬　　吾愿以此身血肉为城，效仿先贤，化为水仙，护佑一方！

老　黑　　世人误解大人若此，大人还要为他们舍弃这一世清名么？

刘五纬　　我刘五纬为官，但求无愧天地，无愧百姓，何问其他！（拿出断笔）断笔断笔，才华难展，弃之可惜，倒不枉我大笔一挥，取银修堤！

老　黑　　大人！

刘五纬　　一切后果，刘某一力承担，要杀要罚，悉听尊便！

老　黑	老黑替全城百姓，拜谢大人！
	【老黑三拜，下。幕落。

第五场　庙别

【堤坝上。

【众百姓兴高采烈，庆祝堤坝修成。

众百姓	（唱）三年功夫今始成，
	千难万险志不移。
	百姓欢喜精神擞，
	奔走相告情相依。
	堤成之日满城庆，
	从此水患远梁溪。
族老甲	今日堤坝竣工，正当一同庆贺，刘县令人呢？
老　白	大人他从今日辰时就恭候在府衙，不知是在等候什么。
老　黑	莫非……
老　白	老黑，莫非你知其中因由？
老　黑	不瞒各位，大人他为修堤抛却一切，怕是……
族老甲	怕是？
老　黑	怕是要受罚！
老　白	受罚？
老　黑	不错！
老　白	大人他为百姓殚精竭虑，修堤坝乃福泽万世之举，为何要受罚？
老　黑	大人他为百姓着想，不惜触犯刑律，挪用库银来筑堤，此事

曹知府已然知晓,他怕是已经在路上了!

老　白　啊——大人他、他、他……

族老甲　刘大人为民着想,岂能让他蒙难!我等当率无锡百姓为他请愿!

老　白　不错,也算我一份!

老　黑　老白,你怎么转性了?

老　白　大人为民非假是真,我岂能坐视不理!

老　黑　你们哪……

【衙役上。

衙　役　报——

老　白　何事?

衙　役　曹知府请了圣旨,马上就要到达县衙,大人正准备去迎接!

族老甲　如今陛下朱批,尽被九千岁把控,我等当速速赶去,与刘大人一同面对!

【光暗。转场,无锡县衙。

刘五纬　（唱）平生最怕慢刀割,

　　　　　　心急如焚意转急。

　　　　　　忆昔当日求学日,

　　　　　　师长相随自在栖。

　　　　　　今日独自吞苦酒,

　　　　　　欲泣无声泪自滴。

　　　　　　男儿膝下千金重,

　　　　　　马革裹尸此中意!

【老白、老黑、族老甲等上。

老　黑　大人!

刘五纬　你们怎么来了?

老　白	我们要与大人一同进退！
刘五纬	这……
族老甲	大人解民倒悬，我等岂可忘恩负义！
刘五纬	……多谢！

【衙役上。曹知府与吴师爷上。

衙　役	曹知府到——
刘五纬	刘五纬率一干人等恭迎曹知府！
曹知府	不必多礼！
吴师爷	刘县令，你可知我家老爷今日前来是何意？
刘五纬	莫不是别过家乡心恋恋？
吴师爷	不是！
刘五纬	莫不是寻故访友来此行？
吴师爷	也不是！
刘五纬	刘某猜不出了！
吴师爷	刘大人是真猜不出，还是猜出了不愿说呢？
刘五纬	说与不说，又有何区别？
吴师爷	刘县令，真人面前不说假话，我家老爷今日前来，乃是为你宣旨！
刘五纬	有劳了！
曹知府	刘五纬，你可知罪？
刘五纬	下官何罪之有？
曹知府	你盗用库银，修堤筑坝，欺上瞒下，无法无天，你可知依我大明律，该当何罪？
刘五纬	大人所说，刘某认下便是！
曹知府	如此说来，你是承认了？
刘五纬	大丈夫敢作敢当！

曹知府	既是如此,刘五纬听旨!
刘五纬	要杀要剐,悉听尊便!
曹知府	"无锡县令刘五纬勤政爱民,颇有政声,虽盗用库银,然功大于过,着升任苏州府知府,即日上任。钦此。"刘县令,还不快快谢恩?
刘五纬	啊?
老 白	大人,因祸得福,可喜可贺啊!
族老甲	谢天谢地,原来陛下还是明察秋毫的,是我等多虑了!
曹知府	陛下天恩浩荡,为显皇家风范,特地赦免于你,刘县令,你好福气啊!
吴师爷	我家老爷命我带来几样物什,赠与大人这新任苏州府。刘大人,他日富贵之时,可莫忘了我这故人啊。
刘五纬	哦?
吴师爷	这第一样,我家老爷听闻刘县令清廉,以驴代步,特令我为你献上骏马两匹,轿子一顶,以备刘县令赶路之需。
刘五纬	曹知府费心了。
吴师爷	这第二样么,我家老爷怕刘县令无处落脚,特令我在苏州为大人购置了庭院一座,种满富贵牡丹,以供大人与家眷居住之用。刘县令,你喜也不喜?
刘五纬	曹知府好意。不知这第三样……
吴师爷	这第三样,乃是九千岁听闻刘县令珍藏断笔一截,特地制作了一支崭新金笔,来酬谢你这捐银建祠全忠全孝全仁全义的无锡知县刘五纬!
	【刘五纬大笑。
吴师爷	刘县令笑些什么?
刘五纬	怎么,吴师爷不知道刘某笑些什么?

吴师爷	我怎知你笑些什么？
族老甲	想是刘大人因祸得福，喜出望外，故而有此笑声。
刘五纬	非也！
族老甲	非也？
刘五纬	刘某此笑，似喜实悲，不是笑别人，而是笑自己！ （唱）恸悲天下在道旁， 　　　不闻痛哭闻一笑。 　　　滔滔浊世滚滚流， 　　　赏恶罚善隐大道。 　　　翻手为云覆手雨， 　　　法度无常何人较！ 　　　岂敢殷勤学媚骨， 　　　颠倒黑白在朝朝！ 朝堂昏暗，刘某未能为国谏言，是为不忠；高堂在上，不能承欢膝下，是为不孝；奉修堤之款以建生祠，是为不仁；求借友财而无力偿还，是为不义。各位大人实是抬举，这全忠全孝全仁全义之名，刘某愧不敢当！
曹知府	放肆！
吴师爷	好个不知好歹的刘五纬！
刘五纬	刘某一向与驴为友，不免沾染了几分驴脾气。
吴师爷	我家老爷赠你骏马轿子，你竟不知感恩么？
刘五纬	贫贱之人，有驴可矣，骑马之术，实非所长。
吴师爷	我家大人好心赠你牡丹宅院，难道还亏待了你不成？
刘五纬	君子好竹，清芬自来，富贵如斯，实不敢当。
吴师爷	那九千岁亲赠你金笔一支，难道还配不上你么？！
刘五纬	这……

吴师爷	怎么？
刘五纬	新笔虽好，然刘某粗鄙之人，实不敢受！
曹知府	如此说来，这苏州府之位，刘县令是不肯接了？
刘五纬	不仅不当接，还当受罚！
曹知府	还当受罚？
刘五纬	不错！刘某盗取库银，修筑堤坝，于我大明律，理应受罚！
族老甲	曹知府，刘大人盗银之事，乃是为了万民，事出有因，万不可责罚！
刘五纬	纵有千万理由，触犯律法便是触犯律法，天子犯法与庶民同罪，何况于我！刘某认罚！
曹知府	刘县令，你可要想清楚了，陛下恕你盗银之事，实属法外开恩，若是依律处置，莫说是知府，就是这县令，你也是当不得了！
刘五纬	宁受法中之过，不受法外之恩，刘某但求责罚！
曹知府	刘县令，你何苦如此拘泥这律法？
刘五纬	法，乃为政之本，一夕失效，则国家丧乱之日不远矣。若是于我有利便遵循，于我无利便毁损，那刘某与那阉党之人又有何种区别！
曹知府	既如此不识抬举，便静候在此，等待流放吧！告辞！
吴师爷	迂腐！当真迂腐之极！

【曹知府吴师爷下。

老白	大人，明明是大好机会，你何苦要……
刘五纬	刘某仰不愧天，俯不怍人，纵有遗憾，未有所愧。我师既然不辞做个剖心比干，我又何辞做个抱柱尾生！
老黑/老白	大人！
刘五纬	（示意众人退下）

（唱）人间风雨几度秋，

　　　世事如棋局中迷。

　　　岂忍坐观众生苦，

　　　星河斗转日月移。

　　　纵除双翼余傲骨，

　　　坦荡人间此生历。

【老黑、老白下。朱七巧、沈三元、左光斗（三人皆为幻影）上。

左光斗　　大丈夫在世，当为国振臂一呼，何惜此身！

沈三元　　我所认识的刘五纬，天不怕地不怕，乃是这天地间第一等逍遥人！

朱七巧　　无论老爷作出何种决定，妾身必将生死相随！

刘五纬　　恩师！沈兄！夫人——

　　　　　（唱）高山流水昨日会，

　　　　　　　一别之后梦无穷。

　　　　　　　人间冷暖各自尝，

　　　　　　　前尘似梦却非空。

　　　　　　　风云际会终将会，

　　　　　　　百年惊雷笑谈中。

　　　　　　　人生何得两甲子，

　　　　　　　喜乐悲欢今古同？

匆匆此生，终将落幕，只是不知悲在何处，喜在各处，成在何处，毁在何处，这悲喜成败之间，可有一分值得此生？

【朱七巧扣门。

朱七巧　　老爷开门！

刘五玮　　刘某一介书生，得卿眷顾，官不过七品知县，贫不过箪食瓢羹，何足道哉，愧对卿卿！

【朱七巧下,沈三元扣门。

沈三元　　梦凰开门!

刘五纬　　五纬此生,愧对师友,出不能拨乱反正,入不能独守其心,此门当闭,断不可开!

沈三元　　你之断笔,国之不幸,遇此昏暗之世,又有几人得以保全此身,又有几人得似你拼死一搏?

刘五纬　　平生所学,唯一"忠"字,然到了此刻,竟不知该忠于何人,忠于何事!

左光斗　　竖子敢尔!

刘五纬　　恩师,你道要以身护国,以身卫法,五纬做到了。可是这法已虚设,国无宁日,这大明的江山,怕是已到末路!

左光斗　　大明不再,而百姓犹在此间!

【族老甲、族老乙率众无锡百姓上,沈三元与左光斗隐去。

族老甲　　刘大人!

族老乙　　刘县令!

刘五纬　　(从梦中醒来)似是有人叫我?

族老乙　　刘大人,我等今日,特来拜见大人!

族老甲　　大人今日堂上所言,字字句句,皆诛我心,令我愧不敢当!

刘五纬　　(开门)你们……

族老甲　　刘大人,你为我们无锡百姓做的一切,我们绝不会忘。

族老乙　　刘县令大恩,我们无以为报,还请大人受我们一拜!

众百姓　　请大人受我们一拜!

刘五纬　　……快快请起!

　　　　　(唱)谁言无锡非我乡,

　　　　　　　离乡去国最断肠。

　　　　　　　梅花清韵烁千古,

    鼋头美景映斜阳。

    纵有牢笼与枷锁，

    我心甘愿与徜徉。

    人生能有几甲子，

    报与海棠春同放？

  乡亲们，谢谢你们！五纬不枉此生！

内 幕 （唱）山一程，水一程，

    山水有情情义浓。

    风一更，雪一更，

    风雪深处驻青松。

【字幕：刘五纬因盗银一事被流放，无锡百姓感念其恩德，在西水墩上西水仙庙供奉，建国前犹存。刘五纬被人们当作了护佑一方水土的水仙，至今仍然被人祭拜。

              【幕落】

【戏曲文学剧本】

原（戏曲稿）

人物表

卫　姬　周公养女，闺门旦

武　庚　商纣王之子，小生

周　公　西周重臣，武王之弟，大官生

管　叔　周公之兄，武王之弟，净

萍　娘　商宫旧人，正旦

少　姜　卫姬侍女，贴旦

成　王　武王之子，西周国君，娃娃生

花　郎　武庚侍从，丑

其余大臣、宫人、侍从、兵士若干

场　次

楔子

第一折　救姬

第二折　定婚

第三折　重识

第四折　同归

尾声

楔子

时间：西周初年

地点：卫地

【卫姬一身红装，穿过箭雨，到达鼓楼。她夺过鼓槌，击鼓而歌。

卫　姬　（歌）茫茫中原，悠悠天地。

　　　　　生如蜉蝣，死又何惜？

　　　　　我自东来，细雨依依。

　　　　　东山不见，归去来兮。

　　　　　茫茫中原，悠悠天地。

　　　　　生如蜉蝣，死又何惜？

　　　　　我自东来，其路岐岐。

　　　　　此战不休，生难何已。

　　　　　此战不休，生难何已！

【双方的将士突然都停止了战斗，望向她美丽的身影。

不少将士和着卫姬的歌声一同吟唱，歌声震荡着整个战场。

周　公　姬儿！

管　叔　卫姬？！

武　庚　卫姬姐姐——

第一场　救姬

【市集。

【少姜上。

少　姜　　小姐哪里,小姐哪里——

　　　　　（唱）步匆匆紧赶慢赶,

　　　　　　　　寻芳姿芳姿难寻。

　　　　　　　　漏铜龙日近黄昏,

　　　　　　　　向佳人市集中问!

　　　　　【少姜下。

卫　姬　　（唱）担父忧忐忑胸怀,

　　　　　　　　心烦闷左右逡巡。

　　　　　　　　柳丝儿把愁勾散,

　　　　　　　　借碧涛叩问芳尊。

居民甲　　姑娘,这花美得很,买一朵插在头上吧?

卫　姬　　（微笑拒绝）

居民乙　　姑娘,这马日行千里,一看就是难得的宝马,买一匹吧?

卫　姬　　多谢推荐,还是不了。

居民丙　　观姑娘装扮,必是名门望族,我这里有胭脂水粉……

居民丁　　轻罗霓裳……

萍　娘　　救命——救命——

　　　　　【远处传来嘈杂声、打声一片。武庚与花郎同上。

卫　姬　　何事如此喧嚣?何人正在呼救?

居民甲　　是个商人!

卫　姬　　商人?!

居民甲　　丧家之犬,竟敢前来乞讨!

武　庚　　人在何处?

居民甲　　就在前方!

武　庚　　光天化日,岂有此理!

花　郎　　公子莫要动气!

卫　姬　　这位公子，你的玉佩！

【卫姬捡起玉玄鸟。

卫　姬　　这是玄鸟？莫非他是……罢了，待我也跟上前去！

萍　娘　　（唱）苦命人难逃这半生漂泊，

　　　　　　　　如浮萍任吹打满是旧痕。

　　　　　　　　忆昔日宫门闭相依度日，

　　　　　　　　丧家国失所归无处温存。

　　　　　　　　十年来苦追寻婴孩踪迹，

　　　　　　　　却不料痛加身恐殒命身。

　　　　　　求求你们别打了！别打了！

痞　子　　打的就是你！

萍　娘　　我实在太饿了，再也不敢了，再也不敢了！

武　庚　　可恶！

花　郎　　公子，这里是周人领地，切莫冲动，坏了大事！

卫　姬　　（唱）痛周人倚强凌弱，

武　庚　　（唱）悲老妇骨瘦嶙峋。

卫　姬　　（唱）看他是，

　　　　　　　　强忍怒火压烦闷。

武　庚　　（唱）忍能将，

　　　　　　　　苦果吞咽作沉沦！

花　郎　　公子，我们走吧！（拉武庚欲下）

【众人围殴萍娘，萍娘的叫声越发凄厉。武庚脚步停住。

武　庚　　（唱）欺我族怒火升岂能轻饶，

卫　姬　　（唱）观机变巧周旋申诉有门。

武　庚　　（唱）恨此身无长剑碎骨销魂，

　　　　　　　　惭今生未竭力逆转乾坤。

卫　姬　　（唱）莫被他话锋引怨天尤人，

　　　　　　　　且息怒静心气细查慢诊。

痞　子　　身为商人还不老实，不如我送你一程，让你少受些罪！

萍　娘　　我只是来乞讨，求求你放过我吧！

武　庚　　……住手！

花　郎　　公子！

痞　子　　你是何人？敢管此事？

武　庚　　她不过一年老妇人，未曾得罪于你，你如何下得这般狠手？

痞　子　　她虽是年老妇人，但却是商人。

武　庚　　商人又如何？

痞　子　　只要商人，一律该死！

武　庚　　你！

痞　子　　我就打她，你想如何！

萍　娘　　求求你们，让我走吧，我再不敢来了！

【痞子欲打，武庚夺鞭。

痞　子　　哎呦！反了，反了！如此袒护老妇，想必你也是个商人！

武　庚　　今天，我还就反了你了！（抽鞭欲打）

痞　子　　商人造反啦——商人造反啦——

【花郎惊慌，欲大打出手。

卫　姬　　住手！

武　庚　　怎么，姑娘想偏袒周人？

卫　姬　　非也！

武　庚　　那是什么？

卫　姬　　此人乱法，自有法度处置，可公子若加以私刑，就是公子的麻烦了。

武　庚　　那依姑娘所见，该当如何？

卫　姬	依我所见,便将他所做之事,遍告四邻,以彰此人品德;再寄书官府,详记此事,看看他们如何处置!
武　庚	好!就这么办!
	(唱)觑着她,
	俏生生仙子凡尘。
卫　姬	(唱)觑着他,
	笑吟吟不知浅深。
武　庚	(唱)娇儿女,
	偏有她义重情真。
卫　姬	(唱)东西客,
	谁解他内里昆仑。
痞　子	你们两个不要得意得太早了!
卫　姬	过而受罚,理所应当!
武　庚	哈哈,好快意也!
花　郎	好险好险……

【卫姬扶起萍娘。

卫　姬	大娘,你还好吧?

【萍娘看到卫姬,颤抖着后退数步。

萍　娘	娘不是故意把你弄丢的,不是故意的……孩儿!孩儿!

【萍娘追寻着什么,下。

卫　姬	大娘!大娘!
武　庚	莫要追了,她心生恐惧,也是人之常情。
卫　姬	多谢公子路见不平。
武　庚	多谢姑娘仗义解围。
花　郎	我想起方才街上买了一件衣衫还未取,你们先聊,你们先聊!

【花郎下。卫姬与武庚对视一笑。

卫 姬	（唱）幽魂动情丝颤风吹影乱，
武 庚	（唱）暗神伤今后事几番陈吟。
卫 姬	（唱）欲牵手却又退犹疑难定，
武 庚	（唱）恐错付恐不付一片真心。
卫 姬	（唱）我我我，

　　　　　　失父失母一孤辰。

武　庚　（唱）她她她，

　　　　　　光焰万丈吐芳芬。

　　　　　还未请教姑娘芳名。

卫　姬　我乃卫姬。

武　庚　原来是卫姬姐姐。

卫　姬　公子问我姓名，却不肯说出自己姓名，岂非失礼？

武　庚　在下子简。

卫　姬　如此说来，公子是商人？

武　庚　不错。

【武庚紧张地看着卫姬。

卫　姬　（笑）

武　庚　姑娘笑什么？

卫　姬　怪道公子不肯透露自己身份。

武　庚　我乃商人，姐姐乃周人，商周两族，本就有别。

卫　姬　同为华夏之族，有何分别？

武　庚　这……

卫　姬　爹爹常说，他此生心愿，便是百代之后，世上再无商周两族之分，再无九夷华夏之别！

武　庚　……西岐竟有如此人物！

卫　姬　文王之妻，便是商王之妹，为文王生下管叔等五子，商周血脉相连者不可胜数，如何得分？

卫　姬　　若我要许心一人，是否还当计较，这是周人，还是商人？

武　庚　　这……

卫　姬　　还是说，商人周人，竟是两般心肠？

武　庚　　商人之心，亦周人之心，天下皆望休战，天下皆盼安宁！

（唱）燃战火绵延经年，

　　失家园骨肉离分。

　　颤抖抖老兵起灶，

　　顾四方不知遗谁。

　　遍中原处处荒冢，

　　堆白骨路有荒村。

　　心心念念，

　　盼一方净土安民，

　　生生世世，

　　无战祸白首相亲。

卫　姬　　公子心事颇重，当知这天下事，你我所能左右者，万无其一，何不任情随性，自在逍遥？

武　庚　　然而世上之事，岂能尽如人愿，若原本便在那风暴当心，又当如何？

卫　姬　　既来之，则安之。既无力对抗，何不存此本心，顺应天道，莫问前程？

武　庚　　知我者，卫姬也！

（唱）幸此生得卿相知，

　　红线缠，前世恩，

卫　姬　　（唱）观君子温润如玉，

		似美酒，醉伊人。
武 庚	（唱）人间烟火，	
		次第昏黄连山峻。
卫 姬	（唱）人间烟火，	
		红袖添香点画唇。
武 庚	今日得见姐姐，该当开怀痛饮，贺此佳遇！
卫 姬	公子胸怀日月，锄强扶弱，乃我心中君子！（拿起玉玄鸟）此物还你！
武 庚	……玉玄鸟？！
卫 姬	此物若是被他人捡了去，想必又是一场官司。
武 庚	姐姐信我？
卫 姬	公子救助老妇，此爱人之心，本为难得；方才一席话，哀悯苍生，更是难得。我怎可不帮你？
武 庚	姐姐，小生来此，是为了……
卫 姬	住了！
武 庚	怎么？
卫 姬	你之来意，不必对我言说，他日若是有缘，自会再见。
武 庚	……此物赠与姐姐！
卫 姬	赠与我？
武 庚	还望姐姐收下！
卫 姬	这玄鸟雕工甚精，必是贵重之物，公子赠送与我，岂非草率？
武 庚	姐姐乃天赐与我，言何草率？
卫 姬	你这人，倒也有趣。
武 庚	姐姐日后持此物见我，我当为姐姐完成一个心愿。
卫 姬	……真真有趣至极！
武 庚	姐姐这是笑我？

卫 姬	非是笑你,既是收了礼物,我也许你一物。
武 庚	何物?
卫 姬	此心许你!

【武庚握住卫姬手。少姜上。

| 少 姜 | 小姐!小姐! |

【两人匆忙分开。武庚依依不舍下。

少 姜	小姐,总算找到你了!
卫 姬	何事如此慌张?
少 姜	成王急诏,召老爷返京!
卫 姬	成王深疑爹爹专权,他如何能去?
少 姜	不去不成,不回不成!
卫 姬	这是为何?
少 姜	殷王武庚向成王求亲,要迎娶小姐为妻!
卫 姬	啊——
少 姜	小姐!小姐!

第二折　定婚

【三监大营。

【管叔上。

管 叔	(唱)卷狂怒剑指镐京,
	临殷地追怀曾经。
	十六年,
	心痛如绞恨无力,
	十六年,

热血饮冰伴孤影。

今朝终有报偿日，

枕戈待旦纵我行。

十六年前，你使我与萍娘离散，七年之前，你又夺我王位，挤我出京。姬旦，当日之仇，吾必报之，吾必报之——

【管叔大笑下。

【周公府。

【入夜。

门　人　　老爷回府——

周　公　　（唱）镐京有令我心颤，

愿赴长梦不愿醒。

恐娇儿纤纤弱质，

难承受雨露雷霆。

商周纷乱乱未已，

怎堪白发人送黑发人行！

少　姜　　老爷！

周　公　　小姐何在？

少　姜　　小姐正在梳妆，马上来见！

周　公　　不必催她！

（唱）盼娇儿怕见娇儿，

怎开口辜负螟蛉！

【卫姬上。

卫　姬　　（唱）万般心事不能诉，

忍为愁肠百结生。

梳妆已成见公父，

青丝如瀑指如葱。

	孩儿拜见爹爹。
周　公	姬儿近日可好？
卫　姬	孩儿一切安好。爹爹远去镐京，可还顺利？
周　公	一切顺利。

【父女相对，竟然无言。

卫　姬	爹爹长途奔袭，可是有些疲倦了？少姜，快把预备好的莲子汤端来。
少　姜	是。
周　公	晚膳我已用过了。
卫　姬	那必是天气寒冷，少姜，快把姜汤端来，给爹爹暖暖身子。
少　姜	是。
周　公	姬儿！
卫　姬	女儿在。
周　公	罢了，夜已深了，你早些休息。
卫　姬	爹爹可是有话要说？
周　公	（唱）父女情深十六载，
卫　姬	（唱）爹似娘亲我为伴。
周　公	（唱）念昔日，
	粉团团正撞人怀，
	今长成，
	娇滴滴娉婷人看。
卫　姬	（唱）儿身长成父渐老，
	白发丛生意难安。
周　公	……你在堂前种的海棠花，今年开得如何？
卫　姬	开得甚好。
周　公	你与其他女儿家大为不同，从小喜好刀兵，弓马娴熟，将来

到了夫家，可万事莫要逞强……

卫　姬　　爹爹，女儿只愿一世陪着你。

周　公　　傻话！

（唱）两岁上，学语咿呀；

三四岁，学步攀爬。

五六岁，教书识字；

七八岁，习箭弓马。

九十岁，知书识礼，

豆蔻年，谁夸芳华。

一年年时光如水，

一日日岁月流沙，

一桩桩世情谁解，

谁误我，

掌上珠、心尖血、眼中她！

姬儿，你今年已及笄，是出嫁的年纪了。

少　姜　　小姐她还小哩！

周　公　　我前日与陛下商议，为你定下一门亲事……（欲说又不忍）

卫　姬　　……爹爹但说无妨！

周　公　　我与陛下商议，欲将你嫁与殷王武庚，不知你……你意下如何？

卫　姬　　……爹爹既已开口，女儿前去便是。

周　公　　你答应了？

卫　姬　　正是。

周　公　　不问缘由？

卫　姬　　父母之命媒妁之言，爹爹说去，孩儿便去。

周　公　　你当真心甘情愿，嫁与商人？

卫 姬	爹爹说过,无论商人周人,皆为华夏子民,既是如此,有何不可?
周 公	那武庚纣王之子,与我周人有血海深仇,你当真一点儿不怕?
卫 姬	……不怕!
周 公	……你去吧。
卫 姬	孩儿告退。
周 公	(唱)一石重紧压心口,

    一时解又觉无常。

    魂魄难定心犹疑,

    娇儿反常我心荡。

    为父母岂能漠视,

    唤娇儿莫再迷茫!

  姬儿转来!

卫 姬	爹爹何事?
周 公	姬儿,你方才所言,当真句句是真,句句肺腑?
卫 姬	……卫姬所言,句句是真,句句肺腑。
周 公	……别无隐情?
卫 姬	……未有隐情。
周 公	好孩儿,你有何等苦处,皆可说与为父,为父必为你做主,为父……必为你做主!

  (唱)家国天下怎堪担,

    商周之仇血泪染。

    娇儿无辜忍别离,

    送与殷商虎狼看。

    白发一日三千生,

    忠与慈终难两全。

| 卫 姬 | 我本无父无母之女,得爹爹厚恩养育成人。今日爹爹要儿出嫁,儿岂可不欢欢喜喜,欢欢喜喜前去出嫁? |

卫　姬　　我本无父无母之女,得爹爹厚恩养育成人。今日爹爹要儿出嫁,儿岂可不欢欢喜喜,欢欢喜喜前去出嫁?
　　　　　(唱)吞苦楚暗自神伤,
　　　　　　　虚渺渺爱恨柔肠。
　　　　　　　想昨日许心一人,
　　　　　　　今朝别再难相望。
　　　　　　　难开口一片真心,
　　　　　　　怕老父鬓白如霜。

少　姜　　小姐,你何苦如此为难自己!

卫　姬　　少姜勿要多言!

少　姜　　老爷,小姐不肯说,我来替她说!

周　公　　说!

少　姜　　小姐心有所属,自得知消息以来,连日以泪洗面,不进饮食。可是为了不让老爷担心,她特地命奴为她精心装扮,切莫让老爷生疑……

卫　姬　　少姜!

周　公　　可有此事?

卫　姬　　……没有此事!

周　公　　(一把抓住卫姬,卫姬险些跌倒)姬儿!

卫　姬　　爹爹,孩儿纵不能为父分忧,岂忍让爹爹身陷险境!爹爹休要再问,休要再问!
　　　　　(唱)心有决意难自当,
　　　　　　　莫动摇,卿卿模样。
　　　　　　　手颤颤情难自已,
　　　　　　　欲重头,泪下两行。
　　　　　　　我与他,

		今生无缘来世续，
		恩与怨，
		熬煎相思化絮扬。
周　公		好孩儿!
		（唱）恨殷王，
		毒计迭出钻心痛。
		怜娇儿，
		为父分忧忧心重（二声）。
		虽道是，
		位高权重一时劲，
		却不如儿女天伦我心同。
		世人言，
		既图王霸无悲欢，
		谁能逃岁月驱驰一生痛?
		那殷王心怀鬼胎，此番求婚，必缓兵之计，不去也罢!
卫　姬		不去不成，不嫁不成!
周　公		这是为何?
卫　姬		那殷王与周室有血海深仇，我若不嫁，商人借故叛乱，爹爹仓促上阵，岂不危险? 若他果有和好之心，我若不嫁，岂非错失机会?
周　公		你若出嫁，岂不更加危险?
卫　姬		卫姬此去，尚有生还之机，商人叛乱，万千骨肉成齑。你就让儿去吧!
周　公		若那武庚有意叛乱，必以你来祭旗，你此去九死一生，万万不可!
卫　姬		若果有那日，卫姬当提三尺青锋，与他同归于尽，同归

于尽！

周　公　岂可儿代父过！

卫　姬　陛下深疑爹爹，若女儿不去，陛下必来问罪。到时祸及满门，爹爹要如何释成王之疑，如何全周室之忠？

（唱）三尺青锋斩所有，

　　　一念痴生一念间。

　　　斩不断，

　　　十六载，日出日落与相伴；

　　　斩不断，

　　　十六载，谆谆教诲悉心传；

　　　斩不断，

　　　十六载，笑语吟吟逗欢乐，

　　　斩不断，

　　　十六载，生生世世父女缘。

　　　若有来世，

　　　宁愿重生作碧草，

　　　生生死死在父前。

周　公　姬儿——

卫　姬　爹爹——

第三折　重识

管　叔　（唱）路迢迢山长水长，

　　　观社稷天高地广。

　　　望镐京似远犹近，

需晴日俯瞰四方。

且看我翻云覆雨，

取王位有如探囊。

吉时已到，新郎新娘上殿！

【众人簇拥着身着喜服的武庚和卫姬上。

武　庚　（唱）步沉沉脚步轻摇，

意昏昏生魂游荡。

存殷祀忍辱负重，

舍一人倦意茫茫。

卫　姬　（唱）悲四面狼烟纷起，

恐明朝血染异乡。

身入彀铁枷钢锁，

存一念死生不枉。

管　叔　一拜天地！

卫　姬　（唱）梦中人，情思一缕难相忘，

武　庚　（唱）负前约，红线穿心刺骨烫。

管　叔　二拜高堂！

卫　姬　（唱）思父恩，悠悠往事上心头，

武　庚　（唱）忆双亲，滴滴烛泪点凄凉。

管　叔　夫妻对拜！

卫　姬　（唱）可叹那，幽魂寂灭散四野，

谁将那，一腔心事诉黄粱。

武　庚　（唱）从今后，衫儿袖儿尽成灰，

相思漫，长剑殷勤卷鬓霜。

管　叔　礼成！殿下好生受用，别忘了明日午时，大军开拔，直指镐京！

卫　姬　　什么?!

【管叔下。卫姬、武庚被推入新房。

武　庚　　(念)对佳人有枕难眠,

卫　姬　　(念)竟无言依依对望。

武　庚　　姑娘请了。

【卫姬不答。

武　庚　　夜长更深,姑娘安歇,在下告辞。

卫　姬　　何必如此,今日是生是死,任凭处置。

武　庚　　听这姑娘声音,竟有几分耳熟?不知姑娘如何称呼?

卫　姬　　周公之女,西岐卫姬。

武　庚　　你果然是卫姬么?

卫　姬　　你是……(扯下头盖)

武　庚　　天赐我也,天助我也!姐姐,我的好姐姐,果然是你么?

　　　　　(唱)正相逢犹在梦中,

　　　　　　　续前缘欣喜若狂。

　　　　　　　整衫袖,

　　　　　　　娇儿扶起应无力,

　　　　　　　理红妆,

　　　　　　　喜烛高照会霓凰。

卫　姬　　(唱)正相逢犹在梦中,

　　　　　　　续前缘暗自彷徨。

　　　　　　　觑着他,

　　　　　　　器宇轩昂非等闲,

　　　　　　　猜着他,

　　　　　　　朝歌殿上是君王。

　　　　　公子,你……你怎会在此?

武　庚　　姐姐痴了，这里是我的家啊。

卫　姬　　殷商之王，纣王之子武庚……是我痴了，我怎会料想不到。

武　庚　　卫姬姐姐！

卫　姬　　如此说来，公子当日之言，句句是假？

武　庚　　除却姓名，当日之言，句句是真非假！

卫　姬　　你乃殷商之王，我不过一微贱女子，殿下何须瞒我！

武　庚　　当日市集之中，一见倾心，今日终得履约，我又岂会瞒你！

卫　姬　　当日公子言道：商人之心，亦周人之心，天下皆望休战，公子可还记得？

武　庚　　不错！

卫　姬　　既是如此，公子又为何挑起战乱，煽动三监，重燃战火于天下？

武　庚　　姐姐，你果真以为是我？

卫　姬　　三监举殷商复国大旗，难道不是？

武　庚　　（大笑）

卫　姬　　公子为何发笑？

武　庚　　我笑天下皆错看了我，却不曾想连你……竟也错看了我！

　　　　　（唱）一片雪飘万里寒，

卫　姬　　（唱）何处丹心入梦藏。

武　庚　　（唱）甚凄凉，

　　　　　　　此身应是人间客，

　　　　　　　却误凡尘惹沧桑。

卫　姬　　（唱）岂不知，

　　　　　　　多情自有多情苦，

　　　　　　　却话人间有情长。

武　庚　　那管叔不满周公执政，一心夺位成王，他以我族性命相胁，

		我殷人无力自保，不得不附和于他。然今日之耻，今日之辱，他日武庚必十倍、百倍讨回！
卫 姬	竟是如此！
武 庚	姐姐，你还不信我么？
卫 姬	……我想再问公子一句话。
武 庚	什么？
卫 姬	若世上并无管叔，周室空虚无助，公子可会安分守己，圈地自守？
武 庚	（大笑）当日姬发灭商，杀我同胞十万有余，乃至流血漂橹，天下缟素，我为纣王之子，若镐京空虚，岂可不捐弃生死，为我先王复仇？
卫 姬	（后退几步，倒在地上）
武 庚	姐姐，你怕了。
卫 姬	……卫姬不怕。
武 庚	你怕我手染周人之血，怕你的爹爹倒在我的剑下，怕周人重蹈殷人覆辙，丧国失民，成为千古笑柄！
卫 姬	不，不是！
武 庚	那是什么？
卫 姬	公子可还记得当初与卫姬之约？
武 庚	自然记得。
卫 姬	当日公子说，以此玉玄鸟为凭，答应卫姬一个请求，不知当日之言，今日可还作数？
武 庚	自然作数。
卫 姬	今日便以此玉玄鸟为凭，卫姬请求公子，杀了我。
武 庚	杀了你？！
卫 姬	不错。

武 庚	此事恕难从命!
卫 姬	公子若不杀我,便是他人杀我。
武 庚	好姐姐,今生既得你为妻,岂能容他人伤你?
卫 姬	公子纵无此意,然卫姬周人之女,岂能嫁商人之王,岂能为商人之妻?
武 庚	(苦笑)卫姬啊,卫姬!商人周人,当真水火不容?
卫 姬	……不错!若公子不肯杀我……
武 庚	如何?
卫 姬	(拿出匕首)便是我杀公子!
武 庚	卫姬!
卫 姬	公子,莫怪卫姬无情。
武 庚	你要杀,便来杀!
卫 姬	公子!
武 庚	难道在你心中,我武庚从未有过一席之地,难道当日定情之约,只是你一时心血来潮吗?
卫 姬	……卫姬知公子心中苦楚,一丝一缕,皆感同身受。当日既已许心于你,此生便绝不负你。
武 庚	你宁愿赴死也不肯嫁我,再说这些,又是何必!
卫 姬	商周战事已起,你为商人之王,我为周室之女,如何置身事外?
武 庚	……罢了,你走吧!
卫 姬	卫姬幼年之时,曾经追随父亲到过战场,人间地狱,莫过于此。公子,你可曾想过,商人叛乱,若平叛成功,商族有何下场?
武 庚	……鱼死网破,同归于尽!
卫 姬	公子,你又可曾想过,三监叛乱,若叛乱成功,商族又有何

		下场?
武 庚		……兔死狗烹,鸟尽弓藏!
卫 姬		公子既已知晓,如何又陷入此局?
武 庚		事到如今,怕是已回不了头了。
卫 姬		公子所说不错,卫姬是怕,然卫姬不是怕别的,而是怕公子丧失本心,怕公子陷于仇恨,怕公子化身恶鬼!
		(唱)干戈乍起天雷动,
		两阵交锋骋疆场。
武 庚		(唱)死生由来是天意,
		国耻家仇忍相忘。
卫 姬		(唱)风云动地皆泪染,
		平原万里无牛羊。
武 庚		(唱)家国一念谁牵系,
		血海深仇恨未央。
卫 姬		(唱)欲成双,
		是是非非难相让。
武 庚		(唱)而今事,
		对对错错费思量。
卫 姬		(唱)只愿你,
		平安康乐远朝堂,
武 庚		(唱)只愿你,
		莫让痴心付断肠。
		姐姐,我们走吧!离开这里,想去哪儿,便去哪儿!
卫 姬		走?
武 庚		走!
卫 姬		走去哪里?

武　庚		从此远走天涯，再、再、再也不踏入此纷乱中原！
卫　姬		锦衣玉食，公子可能舍得？
武　庚		姐姐舍得，我便舍得！
卫　姬		九五之尊，公子可能舍得？
武　庚		姐姐愿意，我便舍得！
卫　姬		殷商之族，公子可能舍得？
武　庚		这个……
卫　姬		（倒酒）今日新婚之夜，公子可愿与我共饮一杯？
武　庚		姐姐请。
卫　姬		（唱）浆玉液鸳鸯共饮，
		倾杯盏苦辣同尝。
武　庚		（唱）近玉人心驰神往，
		长夜深一束微光。
卫　姬		（唱）愿只愿，
		有情人皆成一双。
武　庚		（唱）愿只愿，
		醉红颜死生同葬。
		（醉倒）这酒……姐姐，你！
卫　姬		公子，对不起。
武　庚		你要杀我，便来杀我，武庚绝无二话。
卫　姬		同病相怜，岂忍杀之？
武　庚		莫非你是要……不可！
卫　姬		若是卫姬以性命请求你休战，你可会答应？
武　庚		……不会！
卫　姬		谢公子实言相告。
武　庚		姐姐，你莫要……

卫 姬	公子放心,卫姬不会自杀。
武 庚	那你要如何?
卫 姬	卫姬要去求爹爹,求管叔,放过彼此,休战言和!
武 庚	谈何容易!
卫 姬	若是不试,怎能知晓?
武 庚	两军交战,周公军令如山,管叔一心杀你,只怕你……
卫 姬	公子,卫姬无父无母,得周公抚养,此恩无以为报;得公子相知,娶以为妻,此生余愿已了。
武 庚	好姐姐,不要去!
卫 姬	公子,若以卫姬一人之死,换公子生,换千万人生,卫姬愿意一试。
武 庚	姐姐,商周之战,本与你无关,你何必如此,何苦如此……
卫 姬	商周之战虽与我无关,但是我却有个私念。
武 庚	什么私念?
卫 姬	愿天下有情之人,再不会受如你我一样的苦楚,如此,今生今世,卫姬便不枉此生。
武 庚	好姐姐,我的妻呀——
卫 姬	公子,此生之约,来生再续,百年之后,泉下再会,切莫忘记!切莫忘记!

(唱)情丝绕悲喜交织,

　　情丝缠苦乐皆尝。

　　一杯酒,

　　是东市之中初相望;

　　一杯酒,

　　是玄鸟多情作红娘。

　　一杯酒,

是笑论天下少年狂,

一杯酒,

是相逢不识满身伤。

本以为,

此生别后再难逢,

未承望,

红烛今宵再成双。

对泪眼,

相思入骨红豆生,

成连理,

枝枝叶叶万千行。

存一念、死生不负。

情与恩、几番痴枉。

遍周原、华夏子民。

盼安宁、万众成墙。

纵一人、柔若无闻。

万民声、四海震荡。

卫姬我,

愿做擂鼓第一人,

敲醒天下鼓声扬。

卫姬我,

愿尝世间万般苦,

为赎一人心与肠。

擂鼓动天天有意,

护佑我,

百姓和乐、西岐无事、德传百代、国祚绵长!

武　庚　　卫姬！

【卫姬下。耳边传来震天的鼓声。

第四折　同归

【卫地。

【商周两军交战。

商　军　　杀——
周　军　　杀——
管　叔　　十六年恩怨，今日该当了结，儿郎们，给我冲！
周　公　　管叔，你身为周王室，却联合武庚谋反，今日我便为我王清理门户！

【萍娘上。

萍　娘　　孩儿哪里——孩儿哪里——
商　军　　杀——
周　军　　杀——

【卫姬上。

卫　姬　　住手！住手！
周　公　　姬儿！

（唱）步匆匆马背疾驰，
　　　　一时间悲喜交集。
　　　　娇儿女又现眼前，
　　　　为人父怒气全息。
　　　　欲责备，又怜惜，
　　　　掌上珠，金不易。

卫 姬	爹爹!
周 公	好孩儿,快到我这里来!
卫 姬	……姬儿还有使命,不能过去!
周 公	当心两军交战,刀剑无眼!
卫 姬	……为阻此战,不能相让!
周 公	你说什么?你要阻止此战?
卫 姬	……正是!
周 公	你可知,这是扰乱军心,其罪当诛?
卫 姬	……孩儿知道。
周 公	你可还记得,你是周室之女,我之后人?
卫 姬	……孩儿一刻不敢忘!
周 公	那你究竟为何……
卫 姬	无论周人商人,皆苦战已久,更何况同室操戈,更堪悲伤。卫姬恳求爹爹,恳求伯父,这仗,不要再打了,无论何者胜,何者败,都是周民之血,都是周民之血!
管 叔	四弟,你可真是养了一个好女儿啊!
周 公	来人,速速为我把她拿下!

【武庚上。

武 庚	姐姐!放开她!
卫 姬	公子,你来这里做什么?这里很危……
武 庚	武庚愿陪你一起生,一起死!

(唱)乱纷纷你争我夺,

　　　投无路万人成斋。

　　　承一人千钧之重,

　　　为一念碎骨不惜。

　　　离商地,赴战营,

卫姬	公子，你这是何苦！
武庚	我半生活在仇恨之中，前半生恨父王辜负母后，后半生恨殷商为周所灭，却只有你，让我知晓，这世上除了恨，还有别的。
卫姬	公子……
管叔	武庚，你乃一军主帅，怎可襄助周人？
武庚	她是周人，却也是我的王后！
管叔	我助你复国，你便打算这样报答我吗？
武庚	你挑起战端，不过为了雪周公之仇，夺成王之位。你为何助我，为谁助我，你心里当真不知么？
管叔	住口！儿女情长英雄气短，竖子必败！
武庚	败则丧于周人，胜则吞于管叔。于武庚来说，这本是必败之战。但为了我族，却不得不战，不不……不得不战！

武庚　（唱）捐死生为存殷祀，

　　　　　眷苍生苍生无依。

　　　　　我乃是失路君王万人弃，

　　　　　不提防缘结一人此生期。

卫姬　（唱）许一人共结同心，

　　　　　悲与欢白首不离。

　　　　　我乃是无父无母一孤儿，

　　　　　不提防缘结一人此生冀。

武庚　（唱）我知他，

　　　　　万千悲苦一身遗，

卫姬　（唱）我知他，

　　　　　胸怀日月云天霁。

武　庚	（唱）纵此身，
	同赴黄泉无一字，
卫　姬	（唱）只盼望，
	来世重逢两心一。
管　叔	好一对痴情鸳鸯！不快快让开，休怪我手下无情！
武　庚	我乃殷商之王，纣王之子，你敢杀我吗？

【管叔搭弓射箭。

管　叔	既是如此，我便先杀了这个祸水红颜！
周　公	王兄手下留情！

【管叔放箭，萍娘护住卫姬。

萍　娘	谁敢伤我孩儿！
卫　姬	你是……
萍　娘	孩儿，阿娘来了，莫怕，莫怕——
	（唱）风来了，
	雨来了，
	蛤蟆背着鼓来了。
	什么鼓？
	花花鼓。
	乒乒乓乓二百五。
管　叔	这童谣？！莫非你是……你是？！
萍　娘	十六年了，我终于又找到你了……
侍　从	大人，我来再射，一定射中她！
管　叔	不许射！不许再射了！
侍　从	大人，您这是怎么了？
管　叔	不，不可能，她不会是……
	（唱）见旧人魂惊身颤，

忆往事泪下莹莹。

十六年，

夜夜佳人来入梦，

十六年，

日日相思对清风。

十六年，

年年春归争不见，

十六年，

月月玉盘少阴晴。

萍娘……你是萍娘？怎么会，你怎么会是萍娘？！

萍　娘　……鲜公子。

管　叔　那日先王攻入商王宫，火场之中有你的珠钗，我以为你已葬身火海了……

萍　娘　……孩儿尚在，我岂忍抛她而去？

管　叔　十六年了，你为何不来找我？

萍　娘　十六年了，萍娘受尽苦楚，早已非是过去模样，如何得见你，如何能见你？

管　叔　那这孩子……

萍　娘　这孩子，乃是你之骨血，我之骨肉。

管　叔　……我之骨血，你之骨肉？

萍　娘　不错！

管　叔　我管叔一生无妻无子，你说这是我之骨血，你之骨肉？

萍　娘　正是！

【管叔大笑。

卫　姬　……你身为周人，却叛乱西岐，此为不仁；你一心夺位，逼商谋反，此为不义。我没有你这样的爹爹！

萍　娘　　孩儿!

武　庚　　姐姐!

管　叔　　你果真如此恨我?

卫　姬　　若卫姬非你之女,是否便可杀?若萍娘非你之妻,是否便可杀?当知这天下无数孩子、无数妻女、无数百姓都与你无关,他们便不能活么?

管　叔　　……卫姬,你当真想阻止这场战争?

卫　姬　　不错!

管　叔　　无论付出何种代价?

卫　姬　　不错!

管　叔　　好!而今之战,已无退路,你若想阻止此战,只有一个办法。

卫　姬　　什么办法?

管　叔　　(缓缓拔剑)为今之计,只有入敌营,巧周旋,杀——管叔!

【管叔握住卫姬手用力,将剑刺入自己胸口。管叔向前走,剑越刺越深。

卫　姬　　……不,不是这样的,我没想过要……

管　叔　　当年,我以为萍娘已死,对天盟誓,此生此世,必让商周和解,使我二人悲剧再不发生……

卫　姬　　停下!

管　叔　　虽我无法做到,但是你……我知道你能做到。

卫　姬　　你……

管　叔　　(唱)恨岁月驱驰,

恨岁月驱驰,

空老却,当年夏禹,

颤巍巍,满堂猜忌。

哀糊涂人,作茧自缚。

　　　　　叹人间事，果有天意？

　　　　　四弟啊，四弟！我是恨你、敬你、羡你，恨自己终究……成不了你！

卫　姬　爹爹！

【管叔死。

萍　娘　雨打浮沉，浪迹萍踪，公子已死，奴家也该有个归宿了。（箭刺心口而死）

卫　姬　娘，娘！

武　庚　姐姐……

卫　姬　公子！不要走……

武　庚　我不走。

卫　姬　（忽然清醒）不，公子快走，快走！

周　公　姬儿！

卫　姬　……爹爹。

武　庚　我有一事想请明公答应。

周　公　你说。

武　庚　愿明公另立明主，佑我殷商之族，不绝于祀！

周　公　我若不答应呢？

武　庚　若明公不肯答应，武庚只能集合全族之力，浴血死战，到时两败俱伤，血流成河，又有何益？

周　公　你可知，太公望正在极力劝说王上翦除商族，以绝后患？

武　庚　武庚知道！

周　公　商族降而后叛，信义全无，若他日卷土重来，又焉知不会成为国之大患？

武　庚　这……

周　公　此非易事，若我轻易答应了你，你又怎知我不会反悔？

武 庚	若是明公,我愿以举族性命托之!
周 公	你果真信我?
武 庚	明公摄政七载,未尝代成王而取之,如何不能相信?
周 公	(大笑)
武 庚	明公?
周 公	想不到成王不曾信我,管叔不曾信我,殷王武庚却信了我!
卫 姬	爹爹!
周 公	两族纷争,死伤无数,天下苦之已久。我虽不能答应你一定做到,但我会勉力为之。
武 庚	多谢明公!如此,此间事了,我可以放心去了。
卫 姬	公子,你要去哪里?
武 庚	卫姬,好姐姐,我的妻,武庚今生有你,余愿已足,你忘了我便是,你忘了我才好……
卫 姬	公子!
武 庚	……明公勿忘承诺,武庚去也!
卫 姬	(唱)泪潸潸泣下如雨,
	恨别离却又别离。
	从今后,
	衫儿袖儿,
	只索昏昏沉沉地系,
	巾儿枕儿,
	韫作重重叠叠的意。
	为何……为何……
周 公	姬儿!
卫 姬	莫非卫姬乃不祥之人,才致使他们都……
周 公	姬儿,你没有错。

卫 姬	可是……不是这样,不应该是这样……血,我的手上都是血……
周 公	姬儿!千万黎民因你而生,你莫非以为这生,便毫无代价么?
卫 姬	(茫然地看着周公)
周 公	好好活下去,你的父母,你的武庚,也都希望你能够活下去。这天下之人,哪个没有委屈,谁人不在彀中……(放开卫姬)来人,厚葬管叔和萍娘!
卫 姬	(歌)茫茫中原,悠悠天地。

　　　生如蜉蝣,死又何惜?

　　　我自东来,细雨依依。

　　　东山不见,归去来兮。

　　　茫茫中原,悠悠天地。

　　　生如蜉蝣,死又何惜?

　　　我自东来,其路岐岐。

　　　此战不休,生难何已。

　　　此战不休,生难何已—— |

【一声沉重的钟声敲响。

【幕落。

尾声

【镐京。

【周王宫。

| 侍 者 | 陛下,管叔已死,武庚伏法,周公东征大军凯旋回京,已到 |

	城外。陛下看是否要……
成 王	周室家法,兄终弟及,今管叔已死,周公手握大权,威声震于宇内,若他有意代我称王,如之奈何!
侍 者	陛下,周公他未及等到陛下,便留下一份奏疏,向东而去了……
成 王	向东而去了?奏疏呢?奏疏说了些什么?
侍 者	"今臣下辞相而去,还政陛下,愿陛下善抚商民,明德慎罚,周之基业,皆自君始!"
成 王	叔父!是孤误会你了!给孤备车!
侍 者	车已行远,怕是追不上了!

【成王向着东方,郑重行礼。

【字幕:公元前1109年,周公致政成王。三年,逝于丰。成王封微子启于宋,以承殷祀。数百年间,商周再无征战。

【剧终】

【大型话剧剧本】

原（话剧稿）

人物表

卫　姬　周公养女

武　庚　纣王之子

周　公　武王之弟

管　叔　周公之兄

萍　娘　纣王之妹

季　姒　商宫旧人

少　姜　卫姬侍女

成　王　武王之子

武　王　西周国君

其余管家、将军、兵士、宫人、侍从、百姓若干

场　次

楔子

第一场　定婚

第二场　别父

第三场　双梦

第四场　重识

第五场　死地

第六场　终局

尾声

楔子

【西周初年。

【镐京。

侍　者　　殷德将尽，妖孽递生，骨肉多虞，今武王承天应命，德被苍生，故受命于天，以承大统……

【武王缓缓上前，登上王座。

【阶下群臣山呼。

群　臣　　吾王万岁万岁万万岁！

【武王做了一个手势，似乎是要群臣平身。但他突然间失去了平衡，一个踉跄，向一侧倒去。

群　臣　　王上！

侍　者　　王上——

【群臣七手八脚地将武王抬下。空空如也的王座孤悬在高台上，肃穆而落寞。远方，传来悠远的歌声。武庚衣衫破旧，迈着沉重的脚步，从另一侧穿过舞台。

内　幕　　（歌）茫茫中原，悠悠天地。

　　　　　　　　生如蜉蝣，死又何惜？

　　　　　　　　我自东来，细雨依依。

　　　　　　　　东山不见，归去来兮。

　　　　　　　　茫茫中原，悠悠天地。

　　　　　　　　生如蜉蝣，死又何惜？

　　　　　　　　我自东来，其路岐岐。

　　　　　　　　此战不休，生难何已。

　　　　　　　　此战不休，生难何已！

第一场　定婚

【管叔府。

【管叔上。

管　叔　　先王驾崩，成王即位，托遗孤于周公，倒将我与蔡叔、霍叔三人撇于殷商旧地。这大好河山，岂忍弃之，看我翻云覆雨，搅弄天地，让这悠悠中原，入我彀中！

侍　从　　报——

管　叔　　镐京情势如何？

侍　从　　成王深疑周公，周公恐惧，自请离开镐京！

管　叔　　好得很！再探！

侍　从　　是！

管　叔　　姬旦啊！姬旦，你我弟兄五十载，到而今势同水火，是时候有个了断了！

侍　从　　报——

管　叔　　讲！

侍　从　　大人派出的使者已成功说服蔡叔与霍叔，集合兵力，襄助武庚！

管　叔　　妙极妙极！万事俱备，只欠东风，只待我大军出动，必将西岐之众打个措手不及！

将　军　　三监大军，不日将出，武庚军队，迟迟不动，为之奈何？

管　叔　　好个武庚！先前不情不愿，今日左右摇摆，看我今日必要他做个了断！他人到何处了？

管　家　　已到城中，等候大人接见。

管　叔　　让他等着！

将　军	武庚为殷人之王，殷人百足之虫死而不僵，这恐怕……
管　叔	待我先杀一杀他的威风！
将　军	周公虽不在位，难保姜尚和召公不起风波，大人慎之！
管　叔	周公周公，他姬旦是哪里的周公，不过一沽名钓誉之辈，投机弄巧之徒！你们何必如此怕他！

【将军不敢再说话。

管　家	大人，府外发现一疯癫女子，要如何处置？
管　叔	疯癫女子？这等小事，也来问我？
管　家	只因那女子口里一直叫着大人名字，故而有此一问。
管　叔	罢了，带她过来！
管　家	是！

【管家带季妣上。

季　妣	鲜公子！鲜公子！
管　叔	哪里来的疯婆子！竟敢直呼我的名姓！
季　妣	公子，你果真不认识我了吗？
管　叔	你倒是说说你到底是何人！
季　妣	怪道人说薄幸人多，痴情人少……
将　军	胡言乱语！拖下去重杖二十！
季　妣	鲜公子，当日商宫之内，你与公主琴瑟相和，我为你二人传递信息，公子果真不记得了吗？
管　叔	季妣……你是季妣！
季　妣	鲜公子，我对不起你，更对不起公主，是我把孩子弄丢了，都怪我！
管　叔	什么孩子？
季　妣	当年，鲜公子与公主情义相投，鲜公子归周之后，公主身怀六甲，生下一个孩儿……

管　叔		一个孩儿？！
季　姒		当是之时，武王姬发攻陷朝歌，先王大怒欲赐死公主，公主命悬一线，令我将孩儿抱出王宫，她则与纣王一起，自焚身亡……
管　叔		痛煞我也！
季　姒		出宫之后，我逃到卫地，却不想兵荒马乱，我只好把孩子藏在地窖，不想再去之时，孩子竟然不见了……
管　叔		不见了？！
季　姒		自那以后，十六年来，季姒日日找夜夜问，却还是没能找到孩子的踪影。直到上月……
管　叔		上月？
季　姒		上月，我乞讨到鲁地，听一位兵士说，当年周公带兵攻入卫地，下令斩杀所有婴孩，公子的孩儿，也被周公给……
管　叔		（悲痛欲绝）吾儿，吾儿……天杀的姬旦，我与你势不两立！季姒，我那孩儿是男是女？
季　姒		是个男孩。
管　叔		……老夫半生蹉跎，莫非竟连一丝血脉也无法保住吗？
季　姒		公子切勿伤心。我听闻周公有一女，视若珍宝，大人若是有心……
管　叔		如何？
季　姒		何不为殷王武庚迎娶此女？
管　叔		为武庚迎娶此女？为何？
季　姒		公子恨周公入骨，若武庚迎娶其女，他日殷周二族有变，杀此女祭旗，岂不快意得很？
管　叔		正合我意！只是依我朝旧例，祭杀族人，占之不吉……
季　姒		她既已出嫁，便为殷商族人，何来同族一说？

管　叔	妙啊！武庚犹疑不定，若行此事，他与周公必形同水火，不得不叛，不得不反！
季　姒	正是此理！
管　叔	我倒不知你竟有如此心机！
季　姒	国破之后，我流落在外，饱受周人凌辱，恨之入骨，只求一报！
管　叔	你且下去，我自有主张！武庚何在？
将　军	殷王殿下依约前来，已到府内。
管　叔	好！唤他来见我！
将　军	是！

【季姒下。武庚上。

武　庚	拜见舅舅。
管　叔	庚儿，我与你约定一同举事伐周，你殷商大军迟迟不动，是何道理？
武　庚	舅舅见谅，外甥从前不曾掌过兵事，未免动作迟缓了些，还望宽宥。
管　叔	迟缓？怕不是不能动，而是不想动，不敢动吧？
武　庚	舅舅差矣。舅舅为外甥复国，外甥岂敢不竭心尽力？外甥今日前来，便是要与舅舅一同商议对敌之策。
管　叔	算你识相！
武　庚	我军准备已毕，西岐诸人犹在梦中，依我之见，我们当疾行进军，杀入镐京，生擒成王，则天下一战可定！
管　叔	不急不急。成王黄口小儿，姜尚年过七旬，王后一介妇人，料他们也兴不起大风浪来！
武　庚	我听闻西岐大军，以周公为帅，周公久掌兵事，威望极高，舅舅打算如何应对？

管　叔　周公篡改诏书，摄政称王，专权专利，难以服众，更为成王所疑，而今戴罪他乡，不足为惧！

武　庚　可是……

管　叔　嗯？

武　庚　一切但听舅舅吩咐。

管　叔　征战之事稍后再议。好外甥，舅舅给你安排了一门亲事……

武　庚　亲事？！

管　叔　此女与你门当户对，乃西岐贵胄之后，想必你定会喜欢。

武　庚　舅舅，如今大战在即，我实在无心……

管　叔　你年已弱冠，还未娶妻生子，如何对得起死去父母？

武　庚　这……

管　叔　一切事宜，舅舅自会为你安排妥当。你只人来便是。

武　庚　舅舅，实不相瞒，武庚已心有所属……

管　叔　住口！

武　庚　舅舅！

管　叔　你身为殷王，可知何者轻何者重？迎娶此女，一是为混淆视听，让成王误以为商周为好；二是我大军开拔在即，需着一人祭旗，她死之后，你愿娶何人，我再不干涉便是！

武　庚　她本无辜之人，舅舅为何要……

管　叔　嗯？

武　庚　外甥……遵命便是。

管　叔　这样才好。你母亲是我亲生妹妹，你我乃骨肉血亲，舅舅这样做，还不是为你复国考量，还不是为了你好吗？

武　庚　敢问舅舅，何时成亲？

管　叔　三日之后。

武　庚　三日之后？！

第二场　别父

【周公府。

【入夜。

门　人　　老爷回府——

少　姜　　拜见老爷!

周　公　　小姐何在?

少　姜　　小姐正在梳妆,马上来见!

周　公　　不必催她!

少　姜　　老爷脸色不佳,可是有事?

周　公　　……去请小姐过来!

少　姜　　是。

【少姜下。

周　公　　十六年相遇,十六年相伴,终躲不开一场别离。如今之事,我当如何开口?命运无常,娇柔如她,要如何领受……苍天,你既给予了便不要收回,既收回了就不要给予,银发满头如我,该如何亲手缔造这一场离别……

【少姜扶卫姬上。

卫　姬　　孩儿拜见爹爹。

周　公　　姬儿近日可好?

卫　姬　　孩儿一切安好。爹爹远去镐京,可还顺利?

周　公　　一切顺利。

【父女相对,竟然无言。

卫　姬　　爹爹长途奔袭,可是有些疲倦了?少姜,快把备好的莲子汤端来。

少　姜　　是。

周　公　　晚膳我已用过了。

卫　姬　　那必是天气寒冷，少姜，快把姜汤端来，给爹爹暖暖身子。

少　姜　　老爷请用。

周　公　　如此，为父便受用了。（喝汤）还是姬儿熬的姜茶最可人心。

卫　姬　　爹爹若是高兴，我每天都做一碗。

周　公　　小时候你比男孩子还顽皮，谁能想到现在的你，会是这个样子？

卫　姬　　爹爹这是在夸我吧？嗯，我就当爹爹是在夸我了。

周　公　　姬儿！

卫　姬　　女儿在。

周　公　　……夜已深了，你早些休息。

卫　姬　　爹爹可是有话要对女儿说？

周　公　　……你在堂前种的海棠花，今年开得如何？

卫　姬　　开得甚好。

周　公　　你与其他女儿家大为不同，从小喜好刀兵，弓马娴熟，将来到了夫家，可万事莫要逞强……

卫　姬　　爹爹，女儿只愿一世陪着你。

周　公　　傻话！岂有女儿陪着父亲一辈子的道理？你今年已及笄，是出嫁的年纪了。

少　姜　　小姐她还小哩！

周　公　　前日我与陛下商议，为你定下一门亲事……（欲说又不忍）

卫　姬　　……爹爹但说无妨！

周　公　　陛下赐婚，欲将你嫁与殷王武庚，不知你……你意下如何？

卫　姬　　……爹爹既已开口，女儿前去便是。

周　公　　你答应了？

卫 姬	正是。
周 公	不问缘由?
卫 姬	父母之命媒妁之言,爹爹说去,孩儿便去。
周 公	你当真心甘情愿,嫁与商人?
卫 姬	爹爹说过,无论商人周人,皆为华夏子民,既是如此,有何不可?
周 公	那武庚纣王之子,与我周人有血海深仇,你当真一点儿不怕?
卫 姬	……卫姬不怕!
周 公	……你早些休息去吧。
卫 姬	孩儿告退。
周 公	姬儿回来!
卫 姬	爹爹还有何事?
周 公	姬儿,你方才所言,当真句句是真,句句肺腑?
卫 姬	……卫姬所言,句句是真,句句肺腑。
周 公	……别无隐情?
卫 姬	……未有隐情。
周 公	好孩儿,你有何等苦处,皆可说与为父,为父必为你做主,为父……必为你做主!
卫 姬	我本无父无母之女,得爹爹厚恩养育成人。今日爹爹要儿出嫁,儿岂可不欢欢喜喜,欢欢喜喜前去出嫁?
周 公	孩子……
少 姜	小姐,你何苦如此为难自己!
卫 姬	少姜勿要多言!
少 姜	老爷,小姐不肯说,我来替她说!
周 公	说!

少　姜		小姐已心有所属,老爷此事断断不可!
卫　姬		少姜!
周　公		可有此事?
卫　姬		……没有此事!
少　姜		小姐,你若果真嫁往殷地,此事便当真再无回旋之地了!
周　公		(一把抓住卫姬,卫姬险些跌倒)姬儿!
卫　姬		爹爹,孩儿纵不能为父分忧,岂忍让爹爹身陷险境!爹爹休要再问,休要再问!
周　公		好孩儿!那殷王心怀鬼胎,此番求婚,必缓兵之计,不去也罢!
卫　姬		不去不成,不嫁不成!
周　公		这是为何?
卫　姬		那殷王与周室有血海深仇,我若不嫁,商人借故叛乱,爹爹仓促上阵,岂不危险?若他果有和好之心,我若不嫁,岂非错失机会?
周　公		若那武庚有意叛乱,商周反目为仇,你身在敌营,凶险至极,此去九死一生,万万不可!
卫　姬		卫姬此去,尚有生还之机,商人叛乱,万千骨肉成齑。你就让孩儿去吧!
周　公		岂可儿代父过!
卫　姬		陛下深疑爹爹,若女儿不去,陛下必来问罪。到时祸及满门,爹爹要如何释成王之疑,如何全周室之忠?
周　公		老夫辅佐成王,经营周室,赤胆忠心,问心无愧!
卫　姬		爹爹自是问心无愧,可知人言可畏,成王关心的不是爹爹忠不忠心,可不可靠,而是他日若爹爹改变主意,倒戈相向,爹爹到底能不能威胁到他。

周　公　　这……

卫　姬　　孩儿既为王室之女，便知有此一日。只求孩儿去后，父亲切要保重身体，勿要为儿担心……

周　公　　姬儿——

卫　姬　　爹爹——

第三场　双梦

【殷地。

【殷王宫。

【武庚在舞台左侧，半梦半醒。

武　庚　　姐姐——姐姐——

【萍娘推醒武庚。

萍　娘　　殿下！殿下你怎么了？

武　庚　　萍娘，我可是又做噩梦了？

萍　娘　　（点头）殿下，迎亲之日就在明日，您……万不可大意。

武　庚　　管叔为我迎娶周公之女，用心叵测，我不得不防。

萍　娘　　管叔为殿下求娶周公之女，是向成王示好，未尝不是一步好棋。更何况，如果联姻就能够使商人安定，我觉得，也未尝不是一件好事。

武　庚　　你真的觉得周人会让商人安定？

萍　娘　　我……不知道。

武　庚　　朝歌被攻陷之日，贵胄王孙皆为齑粉，牧野血流成河，你当真以为商人能够忘记？你当真以为周人能够忘记？

萍　娘　　可是他们让你活下来了。

武 庚	是的,他们让我活下来了,他们还让我做了殷人的王。但那并不是因为他们仁慈,而是因为在西岐之外,还有许多臣服于我们的部族,他们想让那些人沉默不语。
萍 娘	可是……
武 庚	萍娘,我们已经没有退路了。从朝歌沦陷的那一天,我们商人,便没有任何退路了。
萍 娘	殿下,睡一会儿吧。您已经几日没有合眼了。
武 庚	……睡了,我怕会梦到她。
萍 娘	……您说的那位姑娘,可是上次救了殿下的那位?
武 庚	那时我误入周人领地,若不是她,只怕我已成为一具朽骨了。
萍 娘	她一定是个很好的人吧?
武 庚	她是我见过的最好的人。
萍 娘	殿下,你既如此爱慕她,何不……
武 庚	我不能。
萍 娘	因为你是商人,她是周人?
武 庚	不,因为她是周人,而我,是商人的王。我不能害了她。
萍 娘	自古以来,成帝王之业者……
武 庚	自古以来,成帝王之业者,不能以己之喜为喜,己之悲为悲,身为帝王,什么都可以坐拥,却唯独,不能有自己。
萍 娘	……何苦如此!
武 庚	萍娘,我只愿心里记挂着她。只是这样,便足够了。
萍 娘	殿下,你知道我不希望你变成这样。我希望你能够快乐,像一个普通人所期盼的一样。
武 庚	可我不能。我是商人的王。
萍 娘	是的,你是我们的王。可你还是个孩子……
武 庚	从父王被杀的那一天起,我就不是孩子了。

萍　娘	殿下，你当真如此恨周人吗？
武　庚	他们毁了我的国家，杀了我的父亲，奴役我的族人，难道我不应该恨他们吗？
萍　娘	可是仇恨从来都不是好事。它会不停地灼烧你，消耗你，直到你失去你所能拥有的一切……
武　庚	那又如何？
萍　娘	……殿下！
武　庚	我原本就是从地狱深处归来。那些烈火没有能够吞噬我的身体，却给我的灵魂留下了烙印。我是纣王的儿子，我的父亲是个暴君。我或许不配活在这个世界上，可是我……我活下来了。既然活下来了，便不会白白地活着。
萍　娘	可是她也是周人。
武　庚	是的，她也是周人。有时候我觉得自己陷入了一个狂暴的漩涡，一面是火，一面是冰。我是商人的王，我想要保护我的族人，我不想让我已经受到重伤的族人再次卷入战争，我想要结束这不应有的一切，可是却又一次又一次地被卷入更深一层的争夺。萍娘，我该怎么办？我是一个王，却是一个傀儡，一个无用的傀儡！
萍　娘	殿下，那些都不重要，你只要记得一件事情。
武　庚	什么？
萍　娘	不管别人如何说，如何做，你要走的，都是仅且仅属于你自己的路。
武　庚	我自己的路？
萍　娘	（下跪）
武　庚	你快起来。
萍　娘	萍娘想请殿下答应我一件事。

武　庚	你说。
萍　娘	无论如何艰难，都要让我们殷商之族延续下去。
武　庚	无论如何艰难，都要让我们殷商之族延续下去？
萍　娘	战不是目的，和也不是目的，纵然人为刀俎我为鱼肉，只要有一线希望，我们都要活下去。
武　庚	活下去？
萍　娘	活下去！
武　庚	萍娘……
萍　娘	这并不是一件容易的事情。但我知道你能够做到。
武　庚	你信我？
萍　娘	我信你。你是我们的王。你是商王武庚。
武　庚	是的，商王武庚。
萍　娘	永远不要忘记你的名字。千钧重担，系你一身，殿下珍重！
武　庚	武庚……敬受命。

【周公府。

【舞台左侧渐渐隐去。卫姬在舞台右侧，半梦半醒。

少　姜	小姐醒醒！
卫　姬	少姜，几更天了？
少　姜	三更天了。
卫　姬	要准备梳妆了。
少　姜	我去取妆盒。（取来妆盒）今天是小姐出嫁的日子，我要为你精心妆扮！
卫　姬	少姜，十六年来，你我虽名为主仆，实情同姐妹，我去之后，哥哥们不在身边，爹爹无人精心照料，他的事情，就拜托你了！
少　姜	我随小姐一起去殷地！

卫 姬	傻话!此去殷地前途难料,我怎忍心让你与我一同涉险?
少 姜	小姐,我舍不得你。
卫 姬	我又何尝舍得你们呢?只是,这一场赌约,我不得不赴。
少 姜	赌约?
卫 姬	赌我的命,赌周人的命,赌天下人的命。
少 姜	少姜不明白。
卫 姬	先王伐商,是击其空虚,然殷商势力虽败犹在,若不能妥善处之,天下纷争,恐难休止。我在赌,或者说我希望,希望周人与殷人百年仇恨终会和解,只有这样,天下才能够安定,我才有可能……再次遇见他。
少 姜	小姐,你说的他,是谁?是这个玉玄鸟的主人吗?
卫 姬	不错。
少 姜	他是怎样的人?
卫 姬	我与他相遇之时,他为救一老妇而身陷险境,在我心中,他是一位真正的君子。
少 姜	小姐,你既已心有所许,为何又……
卫 姬	……少姜,不要再说了。
少 姜	可是……
卫 姬	成王将我赐婚殷王,在这场赌局之中,我就有了我的使命,我……不能退。
少 姜	可是你,你自己要怎么办啊!少姜不懂天下,也不懂朝堂,但是作为女子,只有嫁给心爱的人,才能够幸福啊!
卫 姬	傻姑娘……
少 姜	小姐,你总说少姜傻,可是你呢?难道老爷护不得你周全吗?既是如此,你不是比少姜更傻吗?
卫 姬	……少姜,你可曾见过参天大树?

少　姜　　见过几棵。

卫　姬　　你觉得它可足够强大？

少　姜　　参天之木，要十余人才能够抱得过来，即使是用斧头，也要砍很久很久才能砍倒。我觉得应该足够强大吧。

卫　姬　　如果是有一把火呢？

少　姜　　……火？

卫　姬　　只要一点点的火花，就能够将整片森林点燃，你所说的强大，便不复存在了。

少　姜　　少姜不懂。

卫　姬　　我们的大周就像是那片森林，殷周之间的仇恨就像是那火苗，只要火苗不熄，终有一天，会烧毁整片森林。到时，你，我，还有千千万万的其他人，都会化为灰烬。

少　姜　　小姐……

卫　姬　　替我梳妆。

少　姜　　小姐，若你还有什么愿望，就告诉少姜，少姜一定帮你达成！

卫　姬　　这玉佩……

少　姜　　这玉佩？

卫　姬　　不，我不要舍下它……哪怕只是心里想一想，哪怕只是看一看，我不想让自己彻底忘记他……

少　姜　　小姐！

卫　姬　　（轻声地叹息）言念君子，温其如玉。在其板屋，乱我心曲……

【幕后传来吹锣打鼓声。

少　姜　　小姐，他们来了。

【卫姬从容披上嫁衣，走向门外。

第四场　重识

【殷地。

【殷王宫。

管　叔　　声乐歌舞，可都准备好了？

众家丁　　轻罗曼舞，观之不足！

管　叔　　贵客嘉宾，可都到齐了？

众家丁　　高朋满座，静待吉时！

管　叔　　酒馔佳肴，可都齐备了？

众家丁　　妙手调羹，鱼羊俱美！

管　叔　　好，吉时已到，新郎新娘上殿！

【众人簇拥着身着喜服的武庚和卫姬上。

管　叔　　一拜天地——

二拜高堂——

夫妻对拜——

礼成！殿下好生受用，别忘了明日午时，大军开拔，直指镐京！

卫　姬　　什么？！

【管叔下。卫姬、武庚被推入新房。

武　庚　　姑娘请了。

【卫姬不答。

武　庚　　夜长更深，姑娘安歇，在下告辞。

卫　姬　　何必如此，今日是生是死，任凭处置。

武　庚　　听这姑娘声音，竟有几分耳熟？不知姑娘如何称呼？

卫　姬　　周公之女，西岐卫吗。

武　庚　　你果然是卫姬么？

卫　姬　　你是……（扯下头盖）

武　庚　　天赐我也，天助我也！姐姐，我的好姐姐，果然是你吗？

卫　姬　　（惊喜）公子，你……你怎会在此？

武　庚　　姐姐痴了，这里是我的家啊。

卫　姬　　殷商之王，纣王之子武庚……是我痴了，我怎会料想不到。

武　庚　　卫姬姐姐！

卫　姬　　如此说来，公子当日之言，句句是假？

武　庚　　除却姓名，当日之言，句句是真非假！

卫　姬　　你乃殷商之王，我不过一微贱女子，殿下何须瞒我！

武　庚　　当日市集之中，一见倾心，今日终得履约，我又岂会瞒你！

卫　姬　　当日公子言道：商人之心，亦周人之心，天下皆望休战，公子可还记得？

武　庚　　不错！

卫　姬　　既是如此，公子又为何挑起战乱，煽动三监，重燃战火于天下？

武　庚　　姐姐，你果真以为是我？

卫　姬　　三监举殷商复国大旗，难道不是？

武　庚　　（大笑）

卫　姬　　公子为何发笑？

武　庚　　我笑天下皆错看了我，却不曾想连你……竟也错看了我！

卫　姬　　我……

武　庚　　那管叔不满周公执政，一心夺位成王，他以我族性命相胁，我殷人无力自保，不得不附和于他。然今日之耻，今日之辱，他日武庚必十倍、百倍讨回！

卫　姬　　竟是如此！

武　庚　　姐姐，你还不信我吗？

卫　姬　　……我想再问公子一句话。

武　庚　　什么？

卫　姬　　若世上并无管叔，周室空虚无助，公子可会安分守己，圈地自守？

武　庚　　（大笑）当日姬发灭商，杀我同胞十万有余，乃至流血漂杵，天下缟素，我为纣王之子，若镐京空虚，岂可不捐弃生死，为我先王复仇？

卫　姬　　（后退几步，倒在地上）

武　庚　　姐姐，你怕了。

卫　姬　　……卫姬不怕。

武　庚　　你怕我手染周人之血，怕你的爹爹倒在我的剑下，怕周人重蹈殷人覆辙，丧国失民，成为千古笑柄！

卫　姬　　不，不是！

武　庚　　那是什么？

卫　姬　　公子可还记得当初与卫姬之约？

武　庚　　自然记得。

卫　姬　　当日公子说，以此玉玄鸟为凭，答应卫姬一个请求，不知当日之言，今日可还作数？

武　庚　　自然作数。

卫　姬　　今日便以此玉玄鸟为凭，卫姬请求公子，杀了我。

武　庚　　杀了你？！

卫　姬　　不错。

武　庚　　此事恕难从命！

卫　姬　　公子若不杀我，便是他人杀我。

武　庚　　好姐姐，今生既得你为妻，岂能容他人伤你？

卫　姬　　公子纵无此意，然卫姬周人之女，岂能嫁商人之王，岂能为商人之妻？

武　庚　　（苦笑）卫姬啊，卫姬！在你眼中，商人周人，当真水火不容？

卫　姬　　……不错！若公子不肯杀我……

武　庚　　如何？

卫　姬　　（拿出匕首）便是我杀公子！

武　庚　　卫姬！

卫　姬　　公子，莫怪卫姬无情。

武　庚　　你要杀，便来杀！

卫　姬　　公子！

武　庚　　难道在你心中，我武庚从未有过一席之地，难道当日定情之约，只是你一时心血来潮吗？

卫　姬　　（后退数步）……卫姬知公子心中苦楚，一丝一缕，皆感同身受。当日既已许心于你，此生便绝不负你。

武　庚　　你宁愿赴死也不肯嫁我，再说这些，又是何必！

卫　姬　　商周战事已起，你为商人之王，我为周室之女，如何置身事外？

武　庚　　……罢了，你走吧！

卫　姬　　公子，你可曾想过，商人叛乱，若平叛成功，商族有何下场？

武　庚　　……鱼死网破，同归于尽！

卫　姬　　公子，你又可曾想过，三监叛乱，若叛乱成功，商族又有何下场？

武　庚　　……兔死狗烹，鸟尽弓藏！

卫　姬　　公子既已知晓，如何又陷入此局？

武　庚	事到如今，怕是已回不了头了。
卫　姬	公子所说不错，卫姬是怕，然卫姬不是怕别的，而是怕公子丧失本心，怕公子陷于仇恨，怕公子化身恶鬼！
武　庚	姐姐——
卫　姬	公子，让我抱抱你，好吗？

【武庚顺从地点点头。卫姬走近武庚，轻轻扶起他的脸庞。

卫　姬	答应我，公子，我知道你心里有很多很多的痛楚，但是不要让它们盘踞了你的心灵。起码，这里还有一个人在爱着你，只要你愿意她在你身边，她就永远不会离开你。
武　庚	姐姐，我们走吧！离开这里，想去哪儿，便去哪儿！
卫　姬	走？
武　庚	走！
卫　姬	走去哪里？
武　庚	去西戎，去南蛮，从此远走天涯，再……再……再也不踏入此纷乱中原！
卫　姬	锦衣玉食，公子可能舍得？
武　庚	姐姐舍得，我便舍得！
卫　姬	九五之尊，公子可能舍得？
武　庚	姐姐愿意，我便舍得！
卫　姬	殷商之族，公子可能舍得？
武　庚	这个……
卫　姬	公子，你舍不下的。
武　庚	我乃殷人之王，岂可弃了族人而去？
卫　姬	(倒酒) 今日新婚之夜，公子可愿与我共饮一杯？
武　庚	姐姐请。
卫　姬	浮生若梦，一晌贪欢。但愿梦醒之后，赤子依旧，春梦无痕。

武　庚　（醉倒）这酒……姐姐，你！

卫　姬　公子，对不起。

武　庚　你要杀我，便来杀我，武庚绝无二话。又何必如此！

卫　姬　同病相怜，岂忍杀之？

武　庚　那你……

卫　姬　公子，卫姬此生为父亲活过，为周室活过，这一次，卫姬想要为自己而活。

武　庚　……你待如何？

卫　姬　卫姬虽是周公之女，却是商族血脉，商人所受之苦，一丝一毫，卫姬皆感同身受。

武　庚　姐姐……

卫　姬　当年爹爹在卫地救下我，养我育我一十六载，未曾因商周之别而弃我，此恩此情，不得不报！

武　庚　那你要如何？

卫　姬　这或许是我的期望，又或者是我的宿命，我无法坐视他们任何一个灭亡……我要去求爹爹，求管叔，放过彼此，休战言和！

武　庚　谈何容易！

卫　姬　若是不试，怎能知晓？

武　庚　两军交战，周公军令如山，管叔一心杀你，只怕你……

卫　姬　卫姬无父无母，得公子相知，娶以为妻，此生已无他求。公子，卫姬负了你，你怨我，恨我，我都无怨无悔。

武　庚　好姐姐，不要去！

卫　姬　公子，若以卫姬一人之死，换公子生，换千万人生，卫姬愿意一试。

武　庚　商周之战，本与你无关，你何必如此，何苦如此……

卫 姬	商周之战虽与我无关,但是我却有个私念。
武 庚	什么私念?
卫 姬	愿天下有情之人,再不会受你我一样之苦楚,如此,今生今世,卫姬便不枉此生。
武 庚	好姐姐,我的妻呀——
卫 姬	公子,此生之约,来生再续,百年之后,泉下再会,切莫忘记!切莫忘记!
武 庚	卫姬!

【卫姬下。耳边传来震天的鼓声。

第五场 死地

【卫地。

【战场。

商 军	杀——
周 军	杀——
管 叔	十六年恩怨,今日该当了结,儿郎们,给我冲!
周 公	管叔,你身为周王室,却联合武庚谋反,今日我便为我王清理门户!
商 军	杀——
周 军	杀——

【卫姬一身红装,穿过箭雨,到达鼓楼。她夺过鼓槌,击鼓而歌。

| 卫 姬 | (歌)茫茫中原,悠悠天地。 |
| | 生如蜉蝣,死又何惜? |

我自东来，细雨依依。

东山不见，归去来兮。

茫茫中原，悠悠天地。

生如蜉蝣，死又何惜？

我自东来，其路岐岐。

此战不休，生难何已。

此战不休，生难何已！

【双方的将士突然都停止了战斗，望向她美丽的身影。

【不少将士和着卫姬的歌声一同吟唱，歌声震荡着整个战场。

周　公　姬儿！

卫　姬　爹爹！

周　公　好孩儿，快到我这里来！

卫　姬　……姬儿还有使命，不能过去！

周　公　当心两军交战，刀剑无眼！

卫　姬　……为阻此战，不能相让！

周　公　你说什么？你要阻止此战？

卫　姬　……正是！

周　公　你可知，这是扰乱军心，其罪当诛？

卫　姬　……孩儿知道。

周　公　你可还记得，你是周室之女，我之后人？

卫　姬　……孩儿一刻不敢忘！

周　公　那你究竟为何……

卫　姬　无论周人商人，皆苦战已久，更何况同室操戈，更堪悲伤。卫姬恳求爹爹，恳求伯父，这仗，不要再打了，无论何者胜，何者败，都是周民之血，都是周民之血！

管　叔　四弟，你可真是养了一个好女儿啊！

周　公　　来人，速速为我把她拿下！

【武庚上。

武　庚　　姐姐！放开她！

卫　姬　　公子，你来这里做什么？这里很危……

武　庚　　武庚愿陪你一起生，一起死！

卫　姬　　公子，你这是何苦！

武　庚　　我半生活在仇恨之中，前半生恨父王辜负母后，后半生恨殷商为周所灭，却只有你，让我知晓，这世上除了恨，还有别的。

卫　姬　　公子……

管　叔　　武庚，你乃一军主帅，怎可襄助周人？

武　庚　　她是周人，却也是我的王后！

管　叔　　我助你复国，你便打算这样报答我吗？

武　庚　　你挑起战端，不过为了雪周公之仇，夺成王之位。你为何助我，为谁助我，你心里当真不知吗？

管　叔　　住口！儿女情长英雄气短，竖子必败！不快快让开，休怪我手下无情！

武　庚　　我乃殷商之王，纣王之子，你敢杀我吗？

【管叔搭弓射箭。

管　叔　　既是如此，我便先杀了这个祸水红颜！

【管叔放箭。

武　庚　　姐姐！

【卫姬中箭。萍娘上。

武　庚　　萍娘，你怎么来了？

萍　娘　　带她走！

武　庚　　可是你……

萍　娘　　快带她走！

【武庚带卫姬下。

管　叔　　你……你是？！

萍　娘　　十六年了，我终于还是来了……

侍　从　　哪里来的妖妇，待我射中她！

管　叔　　不许射！不许再射了！

侍　从　　大人，您这是怎么了？

管　叔　　不，不可能，她不会是……萍娘……你是萍娘？怎么会，你怎么会是萍娘？！

萍　娘　　……鲜公子。

管　叔　　那日先王攻入商王宫，火场之中有你的珠钗，我以为你已葬身火海了……

萍　娘　　……孩儿尚在，我岂忍抛她而去？

管　叔　　十六年了，你为何不来找我？

萍　娘　　十六年了，萍娘受尽苦楚，早已非是过去模样，如何得见你，如何能见你？

管　叔　　……这么多年了，你还好吗？

萍　娘　　……好。

管　叔　　果真好吗？

萍　娘　　……好。

管　叔　　我不相信。

萍　娘　　而今我不过一介老妇，你贵为三监之一，萍娘与你已是云泥之别，公子，我们回不到过去了。

管　叔　　所以，你就要放走我的仇敌？

萍　娘　　那个孩子是我看着长大的，他的事情，我不能不管。

管　叔　　你可知姬旦与我，仇恨已深，若不报此仇，难销我心头

		之恨!
萍　娘		祸不及子孙,你恨的是姬旦,她虽是姬旦的女儿,却和你无仇无怨。
管　叔		既是姬旦之女,岂能说与我无仇无怨!
萍　娘		若你有子孙,难道希望他人斩草除根,祸及满门吗?
管　叔		季姒说我归周之后不久,你在王宫生下一个孩儿……
萍　娘		……是。
管　叔		那孩子呢?
萍　娘		……那日,周军攻入王宫,我慌乱之中将孩子托付给季姒,便再也没有见过她。
管　叔		季姒说她把孩子藏在卫地,可是姬旦却下令将卫地的孩子都斩杀。我们的孩子,是被姬旦杀死的!
萍　娘		啊……
管　叔		你现在还要拦着我吗?你难道就不想为你王兄,为我们的孩子,报仇吗?
萍　娘		……不,不行!
管　叔		萍娘,你是怎么了?
萍　娘		……姬旦他做不出那样的事情。
管　叔		这么多年了,你还是这么相信他。可是你看看,他都做了些什么?!他是你的仇人,可是你却不愿意恨他!
萍　娘		管叔鲜!
管　叔		十六年了,我的心中从来都只有一人,可是她明明活着,明明活着,却……
萍　娘		我……

【萍娘被箭射中。

| 管　叔 | | 谁?!是谁?! |

季 姒	（拍手）死了，死了，当真死了！公主的孩子死了，公主也要死了！
管 叔	你在说些什么？
季 姒	孩子就是卫姬，卫姬就是孩子……哈哈哈，死了，都死了！
管 叔	你是说，卫姬是……（抓住季姒）是你，是你在撒谎！为什么？为什么？
季 姒	不论周公管叔，何者能赢，何者会败，都是周人之血，都是周人之血！哈哈哈……
管 叔	你这个疯子！
季 姒	若无鲜公子纠缠公主，纣王岂会赐死公主？武王伐纣，季姒从此无家可归，无人可依，十六年来，你可知我遭受多少屈辱，多少拳脚？你们都该死，周人都该死……啊——

【管叔刺死季姒。

管 叔	我之过也，是我之……过也！萍娘，萍娘，你醒醒！
萍 娘	阿鲜……
管 叔	我在这里，我就在这里！
萍 娘	……我对不起你。
管 叔	你没有哪里对不起我，是我没能够保护好你。
萍 娘	那天，我本来想和你一起走，可是王兄派人追上了我，我怕执意和你汇合会暴露你的行踪，所以我……
管 叔	萍娘，不要说了，不要再说了……
萍 娘	阿鲜，我死后，你就把我埋在我们相遇的那片原野里，梦里的时候，我总会梦见那里……那个时候的我，真的好年轻好年轻……
管 叔	萍娘，你可还有什么心愿？
萍 娘	有。

管　叔	你说，我一定想办法帮你达成。
萍　娘	我希望，有一天，殷周两族的仇恨可以消解，希望有一天，我的族人能够自由地在周人的这片土地上生息……
管　叔	萍娘……
萍　娘	王兄，你来接我了吗，王兄……（闭目而逝）
管　叔	萍娘——萍娘——

第六场　终局

【卫地。

【周营外。

【武庚背着受伤的卫姬前进。

卫　姬	公子，我们到哪儿了？
武　庚	快到了，就要到了。
卫　姬	公子，卫姬困倦得很。
武　庚	我给姐姐唱首歌。

（唱）【击壤歌】

日出而作，

日入而息。

凿井而饮，

耕田而食。

帝力于我何有哉？

卫　姬	公子歌声，当真好听。这是什么歌啊？
武　庚	这是我商族的一首民歌，说的是百姓靠自己的力量耕食，不愿被卷入任何纷争。

卫　姬　　真好。若是有一天，我也能和你一起，日出而作，日入而息，和孩子们一起玩耍，我……咳咳……

武　庚　　姐姐，别睡，答应我，不要睡。

卫　姬　　公子，若你非纣王之子，卫姬非周公之女，我们或许……

武　庚　　姐姐，莫要再说了。

卫　姬　　公子，放我下来，你歇一歇。

武　庚　　周营已到眼前，我们这就进去。

卫　姬　　周营？公子你……

【武庚被绊倒，他和卫姬一起摔倒。

武　庚　　姐姐！

卫　姬　　公子……

武　庚　　（扶住卫姬）姐姐莫要多说话，我们这便进去，这便进去！

卫　姬　　你乃殷商之王，叛军之首，如何能进周营？

武　庚　　既是敢来，便有来的道理。

卫　姬　　可是……

【众兵士上，将卫姬和武庚团团围住。

兵士长　　何人胆敢擅闯周营？

武　庚　　此女乃周公之女卫姬，至于我么……

兵士长　　你是何人？

武　庚　　你便说，商王武庚前来求见！

兵士长　　商王武庚？！你等着，我这便去通报！

【周公急上。少姜随上。

周　公　　姬儿！

少　姜　　小姐在哪儿——小姐——

卫　姬　　少姜！爹爹——

周　公　　（叹气）莫要说话，安心休养。

武　庚		拜见周公。
周　公		你乃殷商之王,我乃西岐之相,你这一拜,我当之不起。
武　庚		我非拜公权位,卫姬已嫁我为妻,泰山在上,请受我一拜!
周　公		你为殷王,此为周营,你如何来得?
武　庚		既是敢来,便有来的道理。
周　公		说之无妨!
武　庚		卫姬曾言,公之心愿,是百年之后世上再无商周两族之别,华夏九夷之分,不知此言是真是假?
周　公		是真。
武　庚		既是如此,武庚斗胆,请求明公一事。
周　公		你说。
武　庚		连年征战,天下困乏,管叔利欲熏心,一心夺位成王,武庚本不屑与他为伍。然而……
周　公		然而什么?
武　庚		然而叛乱之名已担,商周血仇未报,武庚愿与公约定,一战而定胜负,无论武庚胜败与否,皆愿以一己之力承担所有罪责。若武庚败了,还请明公另立明主,佑我殷商之族,不绝于祀!
周　公		若你胜了呢?
武　庚		若我胜了,三监唯管叔是从,管叔岂是容人之人,他虽以复商之名叛乱,却不能容他人为君,我族势弱,必定被他吞并。
周　公		如此说来,于你来说,这岂非必败之战?
武　庚		于武庚来说,这本是必败之战。但为了我族,却不得不战,不不……不得不战!
卫　姬		公子!
周　公		姬儿,你重伤在身,莫要逞强。

卫　姬	爹爹养育之恩，难以为报，然无论公子胜败与否，妾愿生死相随！
周　公	好一对义重情深的生死鸳鸯。只是……
周少姜	老爷，小姐他们既如此恳求，你便答应他们吧！
周　公	痴儿住口！
武　庚	如此说来，明公不肯答应？
周　公	我不答应，你当如何？
武　庚	明公！
卫　姬	爹爹！
武　庚	若明公不肯答应，武庚只能集合全族之力，浴血死战，到时两败俱伤，血流成河，又有何益？
周　公	你可知，太公望正在极力劝说王上剪除商族，以绝后患？
武　庚	武庚知道！
周　公	商族降而后叛，信义全无，若他日卷土重来，又焉知不会成为国之大患？
武　庚	这……
周　公	你是王者，可知帝王之业，随运随势，却唯独不能随心？
武　庚	纵然如此，武庚甘愿拼死一试！
周　公	你想试什么？
武　庚	我想试一试，西岐立国，是否当真如传闻一般崇德仁厚，还是……
周　公	还是什么？
武　庚	还是只是为了那个名为"王"的位子，而精心营造的一个虚伪的幻象！
周　公	你放肆！
武　庚	明公，可记得夏如何亡于商，纵使我殷商败于西岐，又焉知

周　公	他日周室不会亡于他人?
周　公	真真大胆!
卫　姬	公子!
武　庚	明公通透之人,若非如此,武庚绝不会说这些。
周　公	此非易事,若我轻易答应了你,你又怎知我不会反悔?
武　庚	若是明公,我愿以举族性命托之!
周　公	你果真信我?
武　庚	明公摄政七载,未尝代成王而取之,如何不能相信?
周　公	(大笑)好胆识!好肚量!好眼光!
武　庚	明公?
周　公	想不到成王不曾信我,管叔不曾信我,殷王武庚却信了我!
卫　姬	爹爹!
周　公	两族纷争,死伤无数,天下苦之已久。我虽不能答应你一定做到,但我会勉力为之。
武　庚	多谢明公!
周　公	只是,我有一个条件。
武　庚	明公请讲。
周　公	从此之后,你再也不能见卫姬。
武　庚	从此之后,我再……再也不能见卫姬?
周　公	不错!你可能答应?
武　庚	这……
卫　姬	爹爹!
周　公	姬儿,你身子尚弱,让少姜扶你回去。
卫　姬	孩儿不走!
周　公	殷王既知此为必败之战,当知无人可保你性命,他日你兵败被杀之时,她将如何自处?

武　庚		这……
周　公		当断不断，反受其乱，你若果真为她着想，便再也不要见她！
卫　姬		爹爹！
武　庚		是了，是了，我若果真为她着想，便该再也不要见她。
卫　姬		公子你……
武　庚		卫姬，好姐姐，我的妻，武庚今生有你，余愿已足，你忘了我便是，你忘了我才好……多谢明公，武庚去也！

【武庚下。

卫　姬	公子！（昏倒）
少　姜	小姐醒醒！小姐醒醒！
侍　从	报——
周　公	何事惊慌？
侍　从	管叔鲜已到帐外，请见主帅！
周　公	管叔一军主帅，如何来得？必是你看错了。
侍　从	在下不敢欺瞒，真的是管叔！
少　姜	何不将之生擒？
周　公	管叔虽来，蔡叔、霍叔尚在，不可轻举妄动！请他进来！

【管叔上。

周　公	恭迎兄长。
管　叔	你我已无兄弟之情，何必如此！
周　公	想少时，父亲被囚朝歌，我与二位长兄惶惶度日，长兄宠我，常带我去山间嬉戏，当此之时，真真无忧无虑，自在随心。
管　叔	过去之事，提它作甚！
周　公	不知兄长此来，所为何事？
管　叔	卫姬——你果然在此。
卫　姬	你是何人，卫姬不曾认得。

周　公	兄长问卫姬作甚？
管　叔	……两军交战，尚需一人祭旗！
卫　姬	可笑！
周　公	兄长，两军交战，贸入敌营，可知有来无回？
管　叔	血浓于水，手足兄弟，莫非杀之自立？
周　公	我与兄长，约战明日午时，今日前来，是为何故？
管　叔	姬旦，我与你兄弟五十载，可曾亏待于你？
周　公	不曾。
管　叔	周室规矩，兄终弟及，父死子继，二哥去世，论理当由我或成王继承，如何便轮得到你！
周　公	兄长是因此事恨我？
管　叔	不仅此事！你自摄政以来，打压亲族，专权自重，王上尚且不满，更遑论我等？
周　公	兄长是因我专权恨我？
管　叔	非也！
周　公	那是为何？
管　叔	十六年前，卫地婴孩与你无冤无仇，你为何要斩草除根？
周　公	卫地？
管　叔	卫地！
周　公	从未听闻有此事！
管　叔	没有？
周　公	没有。
管　叔	如此说来……
周　公	兄长，你还好吗？
管　叔	不劳费心。当日我曾答应先王，为西岐竭心尽力，今日前来，正为履约。

卫　姬　惺惺作态！

管　叔　我半生求而不得，今日，却还令商周二族厮杀，周人尽染同胞之血……

卫　姬　言不由衷！

管　叔　卫姬，你当真如此恨我？

卫　姬　你为一己私欲，致使万民死难，有何颜面有此一问？

管　叔　……住了！

卫　姬　你身为周人，却叛乱西岐，此为不仁；你一心夺位，逼商谋反，此为不义。如此不仁不义之人，有何面目苟活于世？

管　叔　……商周两族，积怨已久。当年，商王文丁杀周君季历，将我母嫁与先王姬昌。母后终其一生，寻求两族和解，终不可得，只能郁郁而终……

卫　姬　陈年旧事，说之何益！

管　叔　商周之仇，乃血海深仇，百年以来，无数征伐，无数牺牲，母后终其一生未能做到，你果真以为一日一夜可解，果真以为一呼一应可销吗？

卫　姬　这……

管　叔　仇恨有如种子，只要有一滴鲜血，便会生根发芽……

卫　姬　危言耸听！

管　叔　卫姬，在你眼中，或许我果真罪大恶极，但你可曾想过，商族为何归而复叛，难道仅仅只是因为有我吗？难道你不明白，商周之间必将再有一战，只要这世上还有血脉之别，还有贵贱之分，这仇恨便永不会休止……

周　公　住了！

【管叔大笑。

管　叔　……卫姬，你当真想阻止这场战争？

卫　姬　　不错！

管　叔　　无论付出何种代价？

卫　姬　　不错！

管　叔　　好！而今之战，已无退路，你若想阻止此战，只有一个办法。

卫　姬　　什么办法？

管　叔　　（缓缓拔剑）为今之计，只有入敌营，巧周旋，杀——管叔！

【管叔握住卫姬手用力，将剑刺入自己胸口。管叔向前走，剑越刺越深。

卫　姬　　你……

管　叔　　我一生无妻无子，心中只曾惦念一人。爱而不得，何其可笑！

卫　姬　　为何如此，你到底为何如此？

管　叔　　当年，我对天盟誓，此生此世，必要出人头地，今日想来，何其可悲！

卫　姬　　停下！

管　叔　　你的眼睛……真的，很像你的母亲。

卫　姬　　你……你是谁？你到底是谁？

管　叔　　四弟，我可否求你一事？

周　公　　兄长请说。

管　叔　　蔡叔、霍叔懵懂无知，受我蛊惑，我死之后，愿你善待他们，从轻处罚。

周　公　　我答应你。

管　叔　　姬旦！

周　公　　兄长还有何话要说？

管　叔　　我好恨……

周　公　　恨什么？

管　叔		我恨这天，恨这地，恨先王比起我，更看重你！
周　公		兄长，你可曾想过，先王为何要如此安排？
管　叔		你的才干，胜我数倍，辅佐成王，自然是比我更好的人选。
周　公		不，兄长，你错了。
管　叔		……我错了？
周　公		先王不用你，只是因为你离这王位太近了而已。
管　叔		啊——
周　公		……杀兄逐弟，叛乱西岐，无论是我还是你，终究都无法成为完美的王。
管　叔		（大笑）四弟，我是恨你、敬你、羡你，恨自己终究……成不了你！

【管叔死。

卫　姬		为何……为何……
周　公		姬儿！
卫　姬		爹爹，他究竟是谁，而我又是谁？是不是因为我不好，才……
周　公		姬儿，你没有错。
卫　姬		可是……不是这样，不应该是这样……血，我的手上都是血……
周　公		姬儿！千万黎民因你而生，你莫非以为这生，便毫无代价吗？
卫　姬		（茫然地看着周公）
周　公		好好活下去，你的父母，你的武庚，也都希望你能够活下去。这天下之人，哪个没有委屈，谁人不在縠中……
卫　姬		爹爹！
周　公		我，也要去走我的路了。

【周公下。

卫　姬　（歌）茫茫中原，悠悠天地。

　　　　　　生如蜉蝣，死又何惜？

　　　　　　我自东来，细雨依依。

　　　　　　东山不见，归去来兮。

　　　　　　茫茫中原，悠悠天地。

　　　　　　生如蜉蝣，死又何惜？

　　　　　　我自东来，其路岐岐。

　　　　　　此战不休，生难何已。

　　　　　　此战不休，生难何已——

【一声沉重的钟声敲响。

尾声

【镐京。

【周王宫。

侍　者　王上，管叔已死，武庚伏法，周公东征大军凯旋回京，已到城外。陛下看是否要……

成　王　周室家法，兄终弟及，今管叔已死，周公手握大权，威声震于宇内，若他有意代我称王，如之奈何！

侍　者　陛下，周公他未及等到陛下，便留下一份奏疏，向东而去了……

成　王　向东而去了？奏疏呢？奏疏说了些什么？

侍　者　"今臣下辞相而去，还政陛下，愿陛下善抚商民，明德慎罚，周之基业，皆自君始！"

成　王　　叔父！是孤误会你了！给孤备车！

侍　者　　车已行远，怕是追不上了！

【成王向着东方，郑重行礼。

王座孤悬在高台上，肃穆而落寞。

【字幕：公元前1109年，周公致政成王。三年，逝于丰。成王封微子启于宋，以承殷祀。数百年间，商周再无征战。

【剧终】

【大型戏曲剧本】

父子城

人　物

王其勤　字时敏，无锡县令，老生

王克宝　王其勤之子，小生

张守经　无锡守将，净行

罗碧娘　故人之女，闺门旦

阿　才　王家仆人，丑

林大娘　厨娘，老旦

顾老板　商贾，付净

乡　老　末

其余兵士、百姓若干

场　次

楔子

第一场　城下

第二场　筑城

第三场　杀子

第四场　血城

楔子

【明嘉靖年间。无锡城。

【一串风铃悬于祠堂檐壁之上,风铃之上,各自系着一个名字,风起,发出轻灵的响声。

【王其勤一人独坐于祠堂之前,忽然起身。

【伴随着王其勤的起身,狂风大作,风铃剧烈摇晃,发出此起彼伏的声响。

王其勤　守经,碧娘,克宝——是你们吗?

【没有人回答他的问话,只有一浪高过一浪的狂风呼啸,到最后,竟然下起了滂沱大雨。

【阿才上。

阿　才　擢升老爷为兵部尚书的诏书已经到了,使者问老爷何时能前往上任?

王其勤　出去!

阿　才　老爷?

【阿才欲言又止下。

王其勤　守经,碧娘,克宝,若你们在天有灵,可愿归来,可愿归来——

【王其勤泪如雨下,切光。

第一场　城下

【明嘉靖年间。

【无锡县衙前。众人围在县衙门外,水泄不通。

顾老板	众人齐聚在衙门，
小　贩	一场灾祸到眼前。
乡　老	倭寇犯境近无锡，
衙　役	县令屋中看不见。
张守经	我为百姓讨一言，
阿　才	老爷吩咐话在先。
林大娘	煎炒烹炸一锅炖，
罗碧娘	流离失所谁堪怜。
乡　老	我们要见王大人！
阿　才	诸位，老爷有言，请各位先回去，等有消息，第一时间告诉各位。
乡　老	火烧眉毛了，王大人得拿出个对策来呀。
众　人	是啊。已经火烧眉毛了！
张守经	各位，我乃无锡守将张守经，我向各位保证，只要我张守经活着一天，无锡城必不会有事。请各位相信我！
乡　老	既然张将军都如此说了，我们便先回去？
顾老板	不行！张将军虽如此说，拿不出办法，城破也只是时间问题。倭寇此来势如破竹，南沙（今常熟）城已经被攻下，我们是战是逃也得有个主意。我们还是要见王大人！
小　贩	对，我们要见王大人！

【忽然县衙门开，王其勤从里面走了出来。王克宝随上。

王其勤	各位不是要见我吗？王某在此！
	（唱）平生读得书万卷，
	未及行路天地间。
王克宝	（唱）倭寇横行将来犯，
	人心惶惶恐思变。

王其勤	（唱）为父母善养儿女鼓意气，	
	为县令造福一方岂为权。	
王克宝	（唱）为家乡水土滋养恩深重，	
	为妻儿安稳平静笑开颜。	
王其勤	（唱）誓抗倭寇要到底，	
	保家卫国担在肩！	
乡　老	如此说来，王大人要战！	
王其勤	要战！	
顾老板	不能战！	
王克宝	这是为何？	
顾老板	我常年经商东南，听闻前日倭寇假装援军进入兴化府，结果全城百姓，惨遭屠戮，死伤之人，数以十万，当真是惨、惨、惨！	
小　贩	是啊，倭寇太可怕了，我们一无兵、二无钱，拿什么和倭寇打呀！	
乡　老	王大人三思啊！	
王克宝	如此说来，你们是想弃城而逃？	
顾老板	这……	
王克宝	无锡城下，便是常州；常州城下，便是金陵。你们是想逃去何处？	
乡　老	可如果不逃，倭寇打来，还是死路一条啊！	
王其勤	如果本官说非战不可呢？	
顾老板	王大人，拿全城百姓的性命去冒这样的险，不可啊！	
小　贩	大人莫不是因为与倭寇有什么私仇，才如此急着报仇？	
阿　才	放肆！大人为城中百姓考虑，你们怎可颠倒黑白！	
乡　老	大人，您不怕，我们怕呀！您来此不过三天，可我们却是要	

	世居于此啊！
张守经	大胆！还未迎敌，便先扰乱人心！（拔刀）
王其勤	守经！
张守经	大人！
王其勤	如此说来，你们便逃吧。
乡　老	啊？
王其勤	啊？
顾老板	如此说来，大人不管我们了？
王其勤	非我不管，你们既已心有所定，想必已经做好了抛弃家园的准备了。阿才！咱们走！
张守经	大人去哪儿？
王其勤	既是大家不愿守城，你我留于此地已是无用，不如明日便奏明圣上，告老还乡去吧。
乡　老	这……不可，不可啊！
王克宝	有何不可？这不正是你们想要的么？
乡　老	大人一走，无锡空虚，必然遭殃！
阿　才	走又不是，不走也不是，你们到底想让大人怎么办？
乡　老	这……
王其勤	（唱）闻一言心中戚戚有所思，
	恨倭寇惨无人道杀伐遍。
	若是能握手言和无战乱，
	岂还需辛苦筹谋苦熬煎？
	退无可退一退便是万丈渊，
	进虽难进生机犹在一线间。
	全城百姓合一力，
	筑城墙、建工事、赏死士、筹钱粮，

必让那倭寇，

狼狈不堪、有始无终、头破血流、溃不成军、有死无生、有来无还！

如果我们放弃守城，我们的家乡就变成敌人的贼窝，我们的积蓄就变成敌人的财富，我们的妻女就变成敌人的奴隶。你们难道愿意看着自己的家乡毁于一旦吗！

林大娘　　王大人，我是妇道人家，不懂那么多，我只问您一句，若是他日无锡城破，又当如何？

王其勤　　若他日无锡城破，王某必当以死谢罪，以身殉国！

（唱）匡扶天下毕生志，

不问成败不问多。

生在红尘饮烟火，

死成白骨喂泥螺。

百年匆匆如昨日，

何惜一死为邦国！

林大娘　　大人拳拳之心，日月可鉴，若蒙不弃，愿为大人一效犬马！

张守经　　我张守经，愿散尽家财，筹集义兵，追随王大人抗击倭寇！

商　贾　　我家中还有一些余钱，您看是否可用……

小　贩　　还有我！

乡　老　　我这就回去募集子弟！

众　人　　誓死追随王大人抗倭！

王其勤　　为了无锡城，拜托大家了！

乡　老　　王大人放心，无锡是我们的家乡，必定有钱出钱，有力出力。只是这城池如何来防守，还请王大人多加思量。

王其勤　　守经！

张守经　　属下在！

王其勤	你负责招募勇士，有能骑射者，编入弓弩队；其余编入窑兵、脚兵、柴兵等。不能参战者，编入工事队。若狱中囚徒有愿为国死战者，重赏其家人，编入敢死队。招募完毕后，除弓箭手外的一应队伍，就交由你来训练，你可明白了？
张守经	守经明白！
王其勤	克宝！
王克宝	克宝在。
王其勤	你协助守经招募人员，招募完毕后，带领工事队，限你两月之内，赶筑城墙，务必建得牢固。你可明白？
王克宝	克宝明白！
张守经	大人，两月之期未免……
王克宝	时间紧迫，刻不容缓！
王其勤	林大娘，顾老板！
顾老板	草民在！
林大娘	民妇在。
王其勤	顾老板是做石材生意，这筑城用的一应材料，就拜托您了。
顾老板	草民领命！
林大娘	那我呢？
王其勤	您是调羹妙手，这后勤的工作便交与您来带头！
林大娘	放心，包管给您办好。
王其勤	如此，多谢诸位！

  （唱）临危受难形势迫，

    无中生有实多艰。

    众人齐心火焰高，

    四方相助八方援。

    且观来日贼寇涌，

　　　　　　　致胜解围一念间。

阿　才　　老爷,那您干什么呀?

王其勤　　我呀,要训练一批得力的弓箭手,专治你这种多话的泼皮!

阿　才　　啊?(闭嘴)

衙　役　　好了,老爷的话大家都清楚了吧?若是没有疑问……

阿　才　　便怎的?

衙　役　　便开——工——喽!

【众人下。

王其勤　　总算是勉强过关了。

王克宝　　虽有胜算,实是冒险。

王其勤　　……明知不可为,却不得不为。

王克宝　　对敌凶险,若是失策,又当如何?

王其勤　　好过手无寸铁,引颈就戮!

王克宝　　父亲一生,为这"仁义"二字受尽苦楚,就不曾想过抛他而去么?

王其勤　　男儿仰不愧天,俯不愧地,若无所求,岂非虚度此生?

王克宝　　啊?

王其勤　　啊?

【两人对视大笑。

【阿才上。

阿　才　　老爷,张将军有请!

王其勤　　便来!

【二人下。罗碧娘上。

罗碧娘　　(唱)受母托左顾右盼不敢前,
　　　　　　　未语先怕声太高。
　　　　　　　这衙门怎生得进?

	倒叫我愁眉紧锁。
王克宝	（唱）观女子眉目清秀娇俏人，
	未语先怕声太高。
	前一步犹恐唐突，
	倒叫我愁眉紧锁。
	你是？
罗碧娘	我有要事面见县令大人……
王克宝	大人未必见你。
罗碧娘	我~我是罗英之女！
王克宝	罗英？莫非就是父亲曾经说过的……
罗碧娘	我娘乃是大人故交……
王克宝	姑娘如何称呼？
罗碧娘	我叫罗碧娘……
王克宝	碧娘？
罗碧娘	"看朱成碧思纷纷，恨不相逢未嫁时……"
王克宝	我去通报。
罗碧娘	谢谢大哥！敢问尊姓大名？
王克宝	在下克宝，你就叫我王大哥吧。
罗碧娘	王大哥……
王克宝	姑娘无需多礼！
罗碧娘	娘说，信一定要亲手交给王大人……
王克宝	（牵住碧娘手）随我来！

第二场　筑城

【明嘉靖年间。

【无锡城。

众民工　　（唱）唱支山歌给你听哟,

　　　　　　　嘿咿呀哟。

　　　　　　　唱支水歌给你听哟,

　　　　　　　嘿咿呀哟。

　　　　　　　筑城太苦难承受哟,

　　　　　　　三天三夜连着干哟,

　　　　　　　嘿咿呀哟。

【一民工倒下。众人赶紧把他扶到一边。

民工甲　　公子,让我们歇一歇吧,实在是累得不行了!

民工乙　　是啊公子,就算是倭寇来袭,也不差这一时半会儿,让我们歇歇吧!

王克宝　　这是大人的命令,倭寇不知何时就会出现,只有筑好城墙,严阵以待,才有一线生机!

民工甲　　公子,我的好公子!您看我,都成什么样子了,求求您,放我们一马吧!

王克宝　　这……

民工丙　　你别为难公子,公子这些天都是和我们一起干的!

民工甲　　是不错!可是公子年轻,我老了,再这样下去,倭寇来之前,我就已经累死了……

民工乙　　三天一轮,不分昼夜,日日赶工,我、我受不了啦!

王克宝　　可这是军令……

民工甲	什么军令！军令也是你老子下的，能把你怎么样！不帮就算了！
众民工	求公子可怜可怜我们吧！
王克宝	呀——
	（唱）眼前尽是求告人，
	重担在身人言轻。
	日夜相继难为继，
	心怜百姓舐犊情。
	左右为难难作声，
	唯恐城下金鼓鸣。
	【林大娘与罗碧娘拎着篮子上。
林大娘	吃饭啦！
	（唱）香喷喷新米麦饭，
	绿油油马兰香干。
	亲手洗来亲手烹，
	管教识香馋虫窜。
民工丙	林大娘来送饭啦！
	【众民工一拥而上。
王克宝	（松了口气）多谢你们，出现的正是时候。
林大娘	公子客气了，这可不就是吃饭的时候嘛。
王克宝	碧娘，你跟着大娘，可还好？
林大娘	碧娘，你王大哥叫你了，你还不快去！
罗碧娘	（害羞）大娘——
林大娘	谁还没有过个年轻的时候！
罗碧娘	（唱）心中人肤如炭烤我心怜，
	却更得伟岸君子气概显。

	眉眼如星星河里，
	一飞冲过九重天。
王克宝	（唱）日夜兼民怨载道我心怜，
	却难言此中辛苦此中甜。
	防御工程无小事，
	但愿平安渡流年。
王克宝	碧娘，爹爹这些天如何了？
罗碧娘	大人繁忙，每日巡查城墙，观演武场，不亦乐乎。
王克宝	给他的药，可还按时吃了？
罗碧娘	每日按时，煎了送他。
王克宝	有劳了！
罗碧娘	折煞了！阿爹在时，常常夸奖一位英雄，说他弓马娴熟，文武双全……
王克宝	那人是？
罗碧娘	正是你父王其勤王大人！
王克宝	是了，你父你母与我父是少年相交，不知尊父姓甚名谁？为何从未曾听爹爹提起？
罗碧娘	……爹爹一生，隐姓埋名，况他已然身故，身为人女，不便相告。
王克宝	既是如此，也便罢了！倒是碧娘你……
罗碧娘	我怎地？
王克宝	中原汉人，多从父姓，你却从了母姓，不知是何缘故？
罗碧娘	这……
王克宝	你道远而来，却对江南如此熟悉，又是何缘故？
罗碧娘	我……
	（唱）他心思缜密中要害，

  我虽有答案难为言。
  莼羹伴我度春秋，
  江南旧事梦未完。
  伤心犹是春波绿，
  不见惊鸿顾画栏。

我幼时曾与父母居于此处数年，爹爹去世得早，故而改随母姓，回乡仰仗舅氏存活。

王克宝	是克宝唐突了！
罗碧娘	王大哥可是深恨倭人？
王克宝	倭寇杀我国人，罪大恶极，焉得不恨！
罗碧娘	是了，是了，倭人杀你同胞，罪大恶极，你焉得不恨？
王克宝	今日你和大娘来得早，必定还未用过。来来来！不知今日有何佳肴？
罗碧娘	四菜一汤，端得如何？
王克宝	妙啊！碧绿倾城，香气袭人……
罗碧娘	这是马兰豆干。
王克宝	白嫩爽口，肤如凝脂……
罗碧娘	这是惠山豆花。
王克宝	色泽红亮，回味悠长……
罗碧娘	这是无锡酱排骨！
王克宝	这汤是何物，我却猜不出来。
罗碧娘	王大哥来江南时日尚短，怪道没有见过了。
王克宝	此为江南风物？
罗碧娘	自是江南风物。
王克宝	这叶儿细长，倒似竹叶。
罗碧娘	不是！

王克宝	入口滑嫩,胜似鱼羊!	
罗碧娘	王大哥这是猜不出了?	
王克宝	委实猜不出。	
罗碧娘	岂不闻《晋书·张翰传》有云:"翰因见秋风起,乃思吴中菰菜、莼羹、鲈鱼脍。"这便是莼羹了!	
王克宝	哦,这便是莼羹?	
罗碧娘	正是!	
王克宝	想少时,与父母长于松滋,南接武陵,北滨长江,河渠纵横,湖泊众多,那时的我,少不得少年顽皮,要到湖里折些枝莲蓬、觅些儿藕节,炖些儿排骨,赏些儿荷花,只是……	
罗碧娘	只是如何?	
王克宝	只是母亲过世之后,爹爹便再无此闲情了。	
罗碧娘	伯母她……	
王克宝	姑娘有此仁心,已是难得。	
罗碧娘	王大哥与大人相依为命,必定感情极深。	
王克宝	我自幼并无大志,也不羡慕高官厚禄,唯有父亲,是我一生骄傲。若能成就父愿,我这一生,也便有了趣味。	
罗碧娘	王大哥真真朗风霁月、如玉君子!	
王克宝	见笑了。	
罗碧娘	王大哥,你可有其他想问?	
王克宝	问些什么?	
罗碧娘	问些家常闲话,父母安康。	
王克宝	方才问了。	
罗碧娘	问些女儿心肠,相思情由。	
王克宝	这……	
罗碧娘	王大哥,你……可曾婚配?	

王克宝	尚无。
罗碧娘	那——你看碧娘可好？
王克宝	碧娘你——
罗碧娘	（唱）那一眼眼波流转正含情，
	那一句笑语温存动春情。
	那一见回眸如有咫尺近，
	恰撞着五百年前未了缘！
王克宝	（唱）克宝我何尝不愿伴身旁，
	雁双双共话人间风月长。
	却奈何兵临城下无多日，
	谁误我家国无靠满城殇。
	碧娘抬爱，我恐怕……
罗碧娘	公子身份尊贵，碧娘不求为妻——
王克宝	碧娘，克宝非是此意！
罗碧娘	（唱）几番误人情字长，
	怕听别字怕痴狂。
	有心插柳柳无意，
	何必春风殷勤扬。
	痴念一人独消瘦，
	免叫谢郎问泪行。
	公子，碧娘是在逗你哩！
王克宝	逗我？
罗碧娘	大敌当前，怎顾儿女情长？倒不如问些百姓疾苦，黎庶心事。
王克宝	黎庶心事？
罗碧娘	王大哥可知劳役实苦，虽是大敌当前，当怜百姓驱驰，爱如子民。若是用如牛马……

王克宝	如何？
罗碧娘	仔细外敌当前，内患于中！
王克宝	呵！
罗碧娘	此中道理，王大哥如此聪明之人，岂会不知？是碧娘唐突了。
王克宝	依你之见，该当如何？
罗碧娘	外有强敌、内有忧患。大人虽行仁义正道，当知事急从权，唯今之计，只有两字——
王克宝	哪两字？
罗碧娘	法度！
王克宝	法度？
罗碧娘	军令如山，说一不二，令行禁止，方有法度！
王克宝	连日劳苦，已有不少民夫怠工，父亲疲于奔走，只怕他一人虽强，难扶将倾之木。
罗碧娘	大人仁厚，但公子可知有多少双眼睛盯着大人，待他犯错，盼他受罚，不然，岂不显得他们无能，他们懈怠？这沿海之患，经年未除，有几分是因力不能敌，有几分是因拥兵自重，有几分是怕鸟尽弓藏，怕是连大人自己，也说不清吧？
王克宝	这……
罗碧娘	大人豪气干云，不屑沉瀣一气，若是抗倭成功，尚有生还之理，若是不幸失败，便只有死路一条……
王克宝	碧娘，你究竟是——
林大娘	碧娘——碧娘——
罗碧娘	林大娘在叫我了，公子保重！

【罗碧娘下。

王克宝	（唱）岂不愿生生世世与卿伴，
	十载一日度春秋。

岂不愿花前月下暂相逢，

一曲霓裳舞未休。

盼只盼重开之日自有时，

逃过此劫再从头——

碧娘方才所言，甚是有理，可这明刀暗箭，又当如何提防？

（唱）怕璧山美玉染血倾倒烟尘！

民工甲　　公子，我们吃好饭了，再开始吧！

民工丙　　公子，我们商量过了，刚才是我们不对，大敌当前，我们方才不该为难公子……

王克宝　　不必了，你们休息一会儿吧。

民工乙　　休息一会儿？

王克宝　　对，休息一会儿。

民工丙　　公子？

民工甲　　多谢公子怜惜！多谢公子怜惜！

【切光。

第三场　杀子

【明嘉靖年间。

【无锡城。

【张守经上。

张守经　　（唱）闻凶信紧赶慢赶到衙前，

全不顾夜半惊起匆匆见。

临大敌全城警戒拼全力，

弓弦紧一刻不松也需怜。

公子怜惜民力，法外开恩，求大人三思！求大人三思啊！

王其勤 （内声）三伏日一盆冰水自头浇，

　　　　　　怒火烧全身颤栗如针毡。

　　　　　　二十年辛苦栽培付一炬，

　　　　　　只为那无拘无束，无勇无谋，无羞无耻，无心无肝，目无国法，心无大敌，不忠不孝，不仁不义的逆子克宝！

来人，带人犯！

阿　才 带人犯！

衙　役 威——武——

【衙役带王克宝上。

衙　役 人犯到——

王克宝 （唱）老父蹒跚鬓发白，

　　　　　　小子戴枷堂下拜。

　　　　　　一别数月难相见，

　　　　　　一朝生死谁堪猜。

王其勤 （唱）老父蹒跚鬓发白，

　　　　　　小子戴枷堂下拜。

　　　　　　一别数月难相见，

　　　　　　一朝生死今谁裁。

王克宝！你可知罪？

王克宝 克宝不知。

王其勤 大敌当前，我嘱你之时，是如何说的？

王克宝 爹爹嘱我带领工事队，两月之内赶筑城墙，务必建得牢固！

王其勤 住口！不要唤我爹爹！

王克宝 ……是！

王其勤 我且问你，这城墙，你可筑好了？

王克宝	大人吩咐之后，我带领工事队日夜赶工，已将东南西三面城墙抢筑完毕……
王其勤	那就是说北面城墙尚未筑成？
王克宝	……是。
王其勤	大胆王克宝！既是筑城未毕，你怎可如此懈怠，怎敢纵容旗下民夫白日酣睡？你可知大敌当前，倭人随时可能兵临城下，若是倭人大兵压境，你、你、你，你可担当得起么？
王克宝	大人莫要气恼，仔细气坏了身子！
王其勤	逆子！ （唱）气恼恼怨飞冲天， 　　　扑簌簌泪湿袍衣。
王克宝	（唱）怀重罪神仙难救， 　　　伤父怀我心悽悽。
王其勤	（唱）道是个情深义重螟蛉子，
王克宝	（唱）却是个心比石坚也依依。
王其勤	（唱）不信他愚笨至此失沉着，
王克宝	（唱）实乃是抱定百死施一计。 此事乃克宝一人决定，便由克宝一力承担，大人要罚，罚我便是！
王其勤	住口！你可知军令如山，违反军令是何种罪名，怕是你担当不起！
王克宝	大人之见，应当如何处置？
王其勤	军令如山，依律当斩！
王克宝	依律……当斩？
张守经	大人，公子带领工事队日夜赶工，众人疲惫不已，公子之举，乃是为了让众人有所喘息，并非有意耽误工程，请大人

三思！

阿　才　夫人早逝，老爷膝下只有公子一人，父子相依为命，这少爷么，是万万动不得的！

王其勤　动不得？

阿　才　舐犊情深！

王其勤　杀不得？

张守经　人才难得！

王其勤　而今多事之秋，日夜赶工，便觉辛苦，他日倭寇入境，烧杀抢掠，妻子被淫，故土成焦，又当如何，又，又当如何！

　　　　（唱）可曾见，惠山古塔倒参差，
　　　　　　　可曾见，鼋头渚畔如血染，
　　　　　　　可曾见，甘露寺中闻鬼哭，
　　　　　　　可曾见，太保墩上无路还。
　　　　　　　白骨埋没随百草，

　　　　这英雄么，

　　　　（唱）恁将那傲骨折断血肉成灰逐流水！

　　　　我只再问你一句，你可知罪？

王克宝　大人不必多说，无论何种惩罚，孩儿领受便是！

王其勤　……你起来！

王克宝　大人？

王其勤　你起来！

王克宝　（愕然）

王其勤　莫非你果真以为……

王克宝　以为什么？

王其勤　以为我便不会杀你吗？

王克宝　孩儿从未如此想过！

王其勤	那你为何……
王克宝	为何？
王其勤	为何不吐一言、不争一句、不置一问，莫非是要盼我肝胆俱裂、形神涣散、心死如灰地白发人送黑发人吗？

（唱）二十年如父如母，
　　　十余载相依相扶。
　　　依稀间朦胧幻影，
　　　抱怀中欢喜如初。

王克宝	爹爹——

（唱）二十年如父如母，
　　　十余载相依相扶。
　　　怎忍将一人抛却，
　　　余半生孤影沉浮。
　　　孩儿有话说！

王其勤	讲！
王克宝	……讲不得。
王其勤	说！
王克宝	……说不得！
王其勤	看你吞吞吐吐，方才所言，不过推托之词……推出去斩了！
阿　才	大人，使不得啊！
王其勤	斩——
张守经	不可！
王其勤	斩！
王克宝	慢着！
王其勤	你还有何话要说？
王克宝	孩儿不孝，请爹爹再受克宝一拜！

张守经	公子——
阿　才	少爷——
	【王其勤背身。王克宝拜王其勤，随张守经、阿才下。
幕　后	大人有令，即刻行刑！
王其勤	克宝——克宝——
	（唱）割不断，父子情深连骨肉，
	痛悲切，欲留难留一线魂。
	侧耳听，潇潇雨落冷时节，
	胭脂血，惨惨白发叠孤辰。
	【王克宝化为幽魂上。
王其勤	（唱）谁曾见，少年心事少年人，
王克宝	（唱）不能言，胸中沟壑与君听。
王其勤	（唱）逐流水，半生欢喜半生念，
王克宝	（唱）忆匆匆，往事悠悠吾心盈。
王克宝	（唱）沉沉金鼓近梁溪，
王其勤	（唱）爱之恨之成涕零。
王克宝	（唱）君子一言天下知，
王其勤	（唱）怎为我儿全性命。
王克宝	爹爹，可还记得母亲之死？
王其勤	怎不记得。
王克宝	母亲与幼弟回乡探亲，路遇倭寇南下，尸骨无存……
王其勤	既然记得此事，当知汝之行为，乃使亲者痛仇者快！
王克宝	肃清倭寇乃爹爹平生之志，所以爹爹才自请调任无锡，是也不是？
王其勤	是又如何？
王克宝	是便好了。

王其勤	是便好了？
王克宝	王子犯法与庶民同罪，克宝有错在先，爹爹当借克宝之头颅，以彰爹爹抗倭之志，护法之心！若非如此，无锡城难以久持，必为贼所夺！
王其勤	你可知你在说些什么？！
王克宝	无锡城守备两月，民力已衰，当此相持之时，若非一鼓作气，便是衰竭而亡，敢不慎之！敢不慎之！
王其勤	我王其勤还没有落魄到要用你的性命去换自己的荣耀！
王克宝	前线战报，倭寇月余即至，莫非爹爹还有更好的办法？
王其勤	……总会有的！
王克宝	也许会有，可是无锡城等不得了！
王其勤	我已训练了三千兵马，弓马娴熟，足以护卫无锡城！
王克宝	虽有兵马，但倭寇来势汹汹，城中百姓摇摆不定，若他日围城，怕是难以为继！
王其勤	若是敢来，无非玉石俱焚！
王克宝	城中百姓盼一生愿，岂可因名节之事，捐弃他人性命？那与倭寇，又有何区别？
王其勤	如此说来，昨日之事，是你故意为之？
王克宝	……是。
王其勤	为的是杀人立威，让百姓知军法如山、说一不二、不做他想？
王克宝	……是。
王其勤	驻守无锡，护卫百姓，是谓仁也。可若是为求名节——
王克宝	为求名节？
王其勤	青史留痕——
王克宝	青史留痕？

王其勤	便杀子立威、公报私仇、奴役百姓、颠倒黑白、指鹿为马，那又有何意义！
王其勤	（唱）仁心一片如何抛，
	父子之情重千钧。
王克宝	（唱）清泪数行匆匆下，
	忍教老父白头吟。
王其勤	（唱）前有金鼓远来近，
	何意白鹿效哀鸣。
王克宝	（唱）后有百姓翘首望，
	盼得四季平安凭。
	正是因为一个"仁"字，才不得不杀！
王其勤	这是为何？
王克宝	爹爹且看！这南面是太湖山水，临仙之境——
王其勤	不看也罢！
王克宝	爹爹再看！这北面是泰伯之乡，勾吴故地——
王其勤	不知也罢！
王克宝	爹爹！如此美景秀色，故土山河，岂忍委之他人！更何况，孩儿不仅是为了救百姓……
王其勤	那是为何？
王克宝	对克宝而言，名利如浮云之物，权力如蚀骨之毒，只有一人割舍不下，只有一愿尚存心中……
王其勤	克宝——
王克宝	爹爹可还记得那两湖之地，父子光阴？
王其勤	……记得。
王克宝	想少时，与父母长于松滋，南接武陵，北滨长江，河渠纵横，湖泊众多，有芙蕖清雅，莲藕鲜嫩。孩儿从来胸无大志，唯

有父亲，是我一生骄傲。成全父愿，便是我一生所愿。

王其勤　　克宝——

王克宝　　孩儿远行不归，爹爹保重！

王其勤　　克宝——克宝——

第四场　血城

【明嘉靖年间。

【无锡城。

罗碧娘　　王大哥，碧娘来迟了——

（唱）昨日暖玉共评话，

　　　　今朝冷冷对坟茔。

　　　　青丝抛尽一夜白，

　　　　摩挲君名手兢兢。

　　　　半生残梦寒夜里，

　　　　为谁牵魂为谁惊。

死生相隔，再无会期，君虽无意，妾却有情。郎君远行不归，你留下的这无锡城，便由我代你守护！

【张守经上。

张守经　　罗碧娘！

罗碧娘　　张大人缘何在此？

张守经　　你父藤野，本为德川家臣，你是倭人之女？

罗碧娘　　……是。

张守经　　你母罗英，乃清江罗氏之女，为你父藤野所救。二人成婚之后，藤野遂弃却本业，隐居于世？

罗碧娘	张大人来此，莫非是要问罪于我？	
张守经	非也！大人命我即刻送你出城！请！	

【张守经下。

阿　才	张将军！张将军！	
张守经	何事如此惊慌？	
阿　才	倭寇列兵城下，已经来了！	
张守经	多少人马？	
阿　才	贼兵万人，兵精粮足！	
张守经	罗姑娘就交与你了！	
阿　才	我？！	

【张守经匆匆下。

罗碧娘	你方才说，贼兵已到城下？	
阿　才	不错！	
罗碧娘	北面城墙可曾修筑完成？	
阿　才	自公子冤屈而死，百姓无不震悚，日夜兼工，方才赶上今日之期！	
罗碧娘	如此甚好……如此便好了。	
阿　才	罗姑娘，你……	
罗碧娘	大人在何处？	
阿　才	大人率领兵士前去，怕是这时已经在南门之侧了！	
罗碧娘	这珍珠钗钿，乃我罗氏祖传之物，若我不归，请将此物交与我娘亲。帮我转告大人，海禁伤民，若是可能，纵然是倭人，也请大人给他们一条活路。	
阿　才	罗姑娘你去哪儿——	
罗碧娘	代我多谢大人！	

【罗碧娘下。城门之上，王其勤与张守经带兵，严阵以待。

王其勤	（唱）陈兵列甲此门中，
	坚城固守战贼众。
	靖海试泉刀剑凛，
	望湖控江对碧峰。
	滔滔江河从此去，
	不为人杰便鬼雄！
张守经	大人，贼兵已到城下，可要出城迎敌？
王其勤	守经且坐！
张守经	火烧屁股，坐不得了！
王其勤	吃口茶！
张守经	没有心情！
王其勤	你呀！
张守经	贼兵连下数城，席卷东南，大人莫非被吓破了胆，想当缩头乌龟不成？
王其勤	守经，若你父母妻儿，皆遭贼寇杀手，你可会畏缩不前，做只缩头乌龟？
张守经	自然不会！
王其勤	王某娇妻幼子，皆丧于敌寇之手；长子克宝，为守城而死，乃我一生之痛！王某并非不愿死，不敢死，而是纵然一死，也要死得轰轰烈烈，死得恰得其所！
张守经	大人的意思是……
王其勤	贼兵固然来势汹汹，但我方兵精粮足、城池坚固，足以一战！只是……
张守经	只是如何？
王其勤	坚守不出，固然可以保全一城，然而贼兵弃我而去，必然屠戮其他城池。

张守经	依大人之见……
王其勤	当避其锋芒，熬煎贼兵，待其气力已衰、粮草不足，再出兵奇袭，方可一战而胜！
张守经	我愿为大人先锋，率敢死队从东门轻骑而出，擒贼先擒王！
王其勤	不，你率领兵士坚守不出，若我去而不归，不必等我，坚守待命便是！
张守经	不可！
王其勤	军令如山！
张守经	大人！

【阿才上。

阿　才	老爷！
王其勤	阿才，你怎么来了？罗姑娘呢？
阿　才	罗姑娘她——
张守经	贼兵攻过来了！
王其勤	走！
	（唱）远观旌旗列方阵，
	烽火连天燃战魂。
张守经	（唱）男儿何畏门头死，
	马革裹尸宗祠陈。
王其勤	（唱）一夜秋色连风起，
	闻说将军赴远巡。
张守经	（唱）萧萧易水送尊客，
	狂沙百战穿层云。
王其勤	弩兵准备——传令！给我射！
张守经	第二队准备！
王其勤	弓兵准备！三，二，一！发射！

张守经	第三队准备!
王其勤	鸟铳准备!
阿　才	等等!大人!我看到罗姑娘了!
王其勤	她在哪儿?
阿　才	那个身穿青色铠甲的人旁边!她怎会到了倭寇阵营?
张守经	莫非罗姑娘她竟投靠了敌营?
王其勤	阿才,罗姑娘临行之前是如何对你说的?
阿　才	她说,若她不归,让我把这珍珠钗钿带回给她娘亲!她还说……
王其勤	说什么?
阿　才	她说海禁伤民,若是可能,纵然是倭人,也请大人给他们一条活路。
张守经	这……
王其勤	罗英来信,贼首尾椎乃其亡夫旧部,与她和碧娘曾有过一面之缘。擒贼先擒王,碧娘是在告诉我们谁才是敌首!
张守经	罗姑娘深明大义,我们得救她!
王其勤	……救不得了。
阿　才	大人?
王其勤	传我军令,集中火力,击杀敌首!
阿　才	老爷,罗姑娘她是公子的……
王其勤	不必再说了。若果有天谴,王某一人承担!
阿　才	大人何苦如此!
王其勤	碧娘!英妹!老夫为人所愧甚多,若有来生,必定当牛做马,报达你们恩情!

（唱）平生读得书万卷,

　　　未及行路天地间。

曾以胸怀昭日月，
由来坎坷催人变。
白发聊生岁忽老，
壮志凌云复年年。
已许苍生国与家，
从来世事举步艰。
一念痴生万般念，
一念执着一生煎。
曾以仁心诺此身，
却逐他人下黄泉。
生亦何欢死何悲，
天意高卓谁堪怜。
西风烈烈热血涌，
碧草幽幽共此眠。
为护一城轻生死，
何意哀鸣孤冢前。
舍一人，
军法如山不容情，
怎堪碧血落浊泥。
舍一人，
贼首伏法众安稳，
难消悲怜心戚戚。
寻道此山无出路，
仁义两难安得全！
问天道，问人心，
万民性命知重轻？

     问百姓，问私心，
     祈祷安宁盼团圆。
     纵以此身祭烈火，
     也盼得和和美美、甜甜蜜蜜、平平安安、顺顺利利、和和睦睦、潇潇洒洒、安安稳稳、兢兢业业、百年好合、夫唱妇随、四世同堂、福禄双全、子孙绕膝、丰衣足食、喜笑颜开、国泰民安！

     守经？守经呢？

阿　才　　张将军方才率敢死队出东门去了！他临行说，枪炮无眼，请大人不必顾虑，一切以击杀贼首为先！

王其勤　　守经，守经——莫非你也要步克宝、碧娘后尘，弃我而去，为了此城捐弃生死么？

阿　才　　老爷！一人之命与万人之命，自然是万人之命重要！全城的兵士百姓，还都仰仗着您呢！

王其勤　　一人之命与万人之命，并无重轻，皆在王某肩上、皆在王某肩上！阿才！

阿　才　　在！

王其勤　　传我将令，所有士兵百姓坚守不出，等我号令！

阿　才　　是！

    【双方交战。张守经力克众敌，击杀贼首，却因寡不敌众，被敌人围困。

王其勤　　守经——守经——

张守经　　大人无需顾虑，开炮——

王其勤　　守经——

张守经　　开炮！

    【炮火连天轰鸣，巨大的爆炸声之后，舞台上陷入了死一般的寂静。只有四面城墙依然高高耸立，静静地守护着城中这一方天地。

字　幕　甲寅春，倭寇自海侵，横行掳掠，肆虐东南如入无人之境。王其勤率众于七十日内赶筑新城，设有四个城门：东为"靖海门"，南为"望湖门"，西为"试泉门"，北为"控江门"。丙辰夏，倭寇万人垂涎无锡，大举进攻，城成二日而倭夷来寇，千雉翼然，竟不能陷。王其勤率领无锡军民守卫城池，身先士卒，倭寇围城月余，始终攻之不下，粮草耗尽，终于离去。张守经率兵追袭敌军，激战十八日，斩杀敌首，取得了明代对倭战争的重要胜利。后人为了纪念王其勤及在对倭战争中牺牲的爱国志士，于无锡南门塘修筑松滋王公祠，后又被称为南水仙庙，至今犹存。

【剧终】

豫子刺襄·离合

人　物

豫　让　智伯门客，净

丽　娘　豫让之妻，正旦

老艄公　汾水河畔一船夫，付末

【前情：赵魏韩三家联合，将豫让之主智伯族灭。豫让为报智伯知遇之恩，第一次刺杀赵襄子，却告失败。豫让下定决心再次刺杀赵襄子，于是告别妻子，吞炭漆身，欲前往赵襄子领地。而此时豫让之妻丽娘为挽回丈夫，也来到了汾水之畔……】

【春秋年间。

【晋国。

【汾水畔。

【老艄公上。旁插一牌，上写"渡河一文"。

老艄公　（念）日日河畔待客影，

　　　　　闲来无事把船撑。

　　　　　老汉乃汾水河畔一船夫，平生别无所长，唯有渡河一事是我强项。船渡有缘人，不知今日又是何人共渡？

【丽娘上。

丽　娘　　船家，船家！

老艄公　　小娘子急切唤我，所为何事？

丽　娘　　劳烦船家送我渡河！

（唱）【南吕一枝花】

忽来风雨急，

天地摇将坠。

鸳鸯失爱侣，

燕雀亦同悲。

鬓发连衰，

谁见离人泪，

霜林浸叶飞。

快马奔、为系同心，

汾水岸、盼君复归！

老艄公　　小娘子且进船，待我再载一人，一起渡河！

丽　娘　　有劳船家！

【豫让上。

豫　让　　过了这汾水，便是襄子领地。赵襄子，豫让来也！

（唱）【梁州】

江海荡、滔滔碧水，

顷刻间、落日云扉。

朝来暮去人难寐。

神州万里，风雨急催。

神州万里，风雨急催。

莫辜负、玉盏金罍，

旧恩情、起自寒微。

好男儿、岂吝平生，

　　　　　　一诺重、得成不悔，

　　　　　　任飘摇、我自岿巍。

　　　　　　歌吹，剑挥。

　　　　　　去时不问前程路，

　　　　　　生死再难会。

　　　　　　唯恐春深花梦觉，

　　　　　　平地惊雷！

　　　　不知丽娘别后如何？我且先找船渡河！船家！船家！

老艄公　　乞儿，唤我何事？

豫　让　　我要渡河！

老艄公　　渡河两文！

豫　让　　（指牌子）不是一文么？

老艄公　　别人一文，你要两文！

豫　让　　这是为何？

老艄公　　你衣衫褴褛，满身臭气，怕是要熏跑我的客人，自然要比旁人贵了！

豫　让　　胡搅蛮缠，坐地起价！

老艄公　　不渡便罢！

丽　娘　　（从船中出）何事争吵？

豫　让　　你……你怎会在……

【豫让欲前又止。

老艄公　　小娘子少罪！我怕乞儿唐突小娘子，因而不愿允他渡河。

丽　娘　　有何唐突，既是渡河，同行便是。

老艄公　　难得小娘子如此大度，乞儿，还不快快谢过？

豫　让　　船家且送小娘子过河，我一身腌臜，着实不便与她同行！

老艄公　　怎么？你竟是不愿渡河了？

豫 让	晚些再渡!
丽 娘	何必晚些,既已到此,上船便是!
老艄公	乞儿莫怕,我只收你一文!
豫 让	这……多谢!(自)我之面目声音,大与往日不同,想来纵是丽娘,亦是认我不出。且与她同行一段,再作打算!
丽 娘	看这乞儿形状,竟似我家豫郎!难道是我相思成疾,竟连眼也拙了么?

(唱)【牧羊关】

  十六为君妇,

  窈窕擅画眉。

  东风俏,软玉香闺。

  柳绿桃红,重峦叠翠,

  满庭春色如许,

  芝兰芳草葳蕤。

  而今田园废,

  相思寄与谁?

这位兄弟,不知你家在何方,缘何到此?

豫 让	我是代国人氏,逃荒到了此地。
老艄公	自从代王被赵襄子所杀,这代地便算是赵襄子领地,划归晋土了!
丽 娘	竟有这等惨事!
豫 让	何止如此,那赵襄子之姊乃代王王后,代王去后,亦是自杀身亡!
丽 娘	哎呀,可怜这一对多情鸳鸯,竟是不能成双!
豫 让	泉下相逢,亦是有幸!
丽 娘	此人说话,竟与我家豫郎无二!莫非……莫非他果真是我的

豫郎么？

（唱）【四块玉】

似这般苦觅寻，

无人慰。

尊前难问是与非，

恐君玉山朱颜碎。

泪潸潸忍咽吞，

意浓浓实难怼，

盼他将我心窥。

老艄公　　不知小娘子如此急切渡河，是为何事啊？

丽　娘　　不瞒老人家，我乃是为寻一人。

老艄公　　何人？

丽　娘　　魂牵梦绕之人。

老艄公　　如此之人，必是你的夫婿了！

丽　娘　　当日他决绝而去，此番丽娘渡河，正是为了寻他！

老艄公　　可怜多情总遇无情！

丽　娘　　并非如此！

老艄公　　并非如此？

丽　娘　　（摇头）不是！

老艄公　　不是他纨绔子弟，负心出走？

丽　娘　　不是！

老艄公　　不是他债台高筑，出外逃债？

丽　娘　　不是！

老艄公　　不是他对你隐瞒，另有所图？

丽　娘　　不是！

老艄公　　既是如此，为何要走？

丽　娘	我豫郎乃顶天立地之人，有不可不报之恩，自有不得不为之事！
	（唱）【前腔】
	好男儿岂忍将，
	恩情费。
	崎岖前路有雄虺，
	蛇熊在途豺狼吠。
	骨铮铮铁打魂，
	马疾疾恭执辔，
	纵平川虎生威。
豫　让	豫让何德何能，今生能得如此知己！
老艄公	如此说来，他倒是个英雄？
丽　娘	自是英雄！
豫　让	丽娘啊，我于你乃是罪人，你何苦如此为我！
	（唱）【哭皇天】
	怎忍看芳菲纷纷坠，
	落红倩人追。
	苦逡巡数声孤雁，
	遥牵念一线金辉。
	却把那痴心人儿悖，
	哀哀含珠双泪垂。
	来生重见，
	无字铭碑。
老艄公	既是如此，依我看来，不寻也罢！
丽　娘	这是为何？
老艄公	既是决绝而去，心中已无疑惑，纵是寻到，又能如何？

丽　娘	既是决绝而去，心中已无疑惑，纵是寻到，又能如何？
老艄公	正是！
丽　娘	……竟是如此！
豫　让	丽娘啊，是我对你不起，此生负你，来生再偿！

（唱）【乌夜啼】

　　空负那多情人间佳绘，

　　共白头举案齐眉。

　　空负那半生辛累，

　　求学异地远门楣，

　　苦去酸回，

　　五味皆非。

　　晴空骤降雨霏霏，

　　晴空骤降雨霏霏。

　　平生幸甚得佳配，

　　偏还有，愁千岁。

　　月升西岸，

　　江海东归。

| 老艄公 | （靠岸）从此北去，便是赵襄子领地，两位客官，请下船吧！ |

【豫让欲下船。

丽　娘	等等！
豫　让	小娘子何事？
丽　娘	这位兄弟，你的面目虽是不同，声音却像极我家相公。这把伞原本我是为他准备，如今便给了你罢！
豫　让	这……
老艄公	小娘子给你，你便收下吧！
豫　让	（接过伞）告辞！

【豫让下。

丽　娘　　豫郎啊豫郎，你何苦不肯认我！

老艄公　　小娘子，你怎的不走了？

丽　娘　　麻烦船家将我渡回岸去吧。

老艄公　　渡回去？

丽　娘　　渡回去。

老艄公　　人不追了？

丽　娘　　既是决绝而去，心中已无疑惑，纵是寻到，又能如何？

老艄公　　既是如此，请小娘子上船！

丽　娘　　（唱）【收尾】

　　　　　　船行万里难相汇，

　　　　　　谁负殷勤玉酒杯。

　　　　　　登临且送郎君去，

　　　　　　百转千回，

　　　　　　欲寻又退。

　　　　　　别后天涯，

　　　　　　离人化新鬼。

【幕落】